春霞

杉山 実
sugiyama minoru

ブックウェイ

あらすじ

東北宮城の仲良し女子高生二人は東京の看護学校に入学すると、真面目な学生時代とは真逆の方向へ進んでいく。

お金を得る為にデリヘルに勤める美由紀と、その行動を危ないと注意しながら見守る由美の物語。

美由紀は、デリヘルで知り合った真面目な中年の独身男性柏木からお金を出させて、僅かな蓄えで遊ぶ。

柏木は真剣だったが、美由紀にはその気は全く無く、本気で愛せる人を捜したのだが相手は札付きの男だった。それを知った柏木は必死で止めようとするが意外な展開に。

由美は一見不良に思われる男性と出会ったが、彼の本当の姿を見て憧れ結婚する。

美由紀が漸く見つけた愛を春霞の様に感じた時にはもうその存在は無かった。

春霞　◎目次

一話

「二十世紀最後になった！」

年末のカウントダウンのテレビを見ながら、高校二年の由美はしきりにはしゃぐ弟を見ていた。

「隆、今夜は嬉しそうだよ」

由美が言う隣で、母美代は明日の朝、四人で初詣に行く服のしたくをしている。

「は、な、び」

隆が片言のようにテレビの画面を見て言った。

「二十一世紀になったら、隆の病気も治るのかね」

「お父さん、もうすぐ帰るかな？」

父貴之は蒲鉾の工場に勤めていて、年末まではとても忙しく毎年年が明けての帰宅だった。

弟は中程度の精神障害で、施設学校の中学クラスに通っている。

二人の上にいる姉、里美は美容院に勤めながら美容学校に通い、国家試験を目指している。

仕事柄、年末年始はなかなか帰れない。

弟の病気のことがあるので、里美は中学の時から「由美、私達は高校卒業したら、手に職をつけて、両親の負担を減らそう。隆のためにね！」そう話していた。

両親の蓄えは弟の将来のために使って、自分達は自立しようという意味だった。

由美は勉強が多少できたので短大にでも行きたいと思っていたが、姉の言葉と弟を見ていると、とても言い出せる雰囲気ではなかった。

由美は小さい時からお金を貯めるのが好きで、高校生になってからはバイトをして貯金していた。そのせいで、友達に〝ケチ由美〟と言われることも多かった。

でも何故かそのように言われるのが自分の使命のように思っていた。

「由美、今年は進学か就職？　お母さんは由美は勉強できるから進学がいいと思うんだけど、進学なら専門学校を決めないといけないね」

「ダメよ、お姉さんがもう働いているのに、私だけ学校には行けないよ」

「お金なら、何とかなるよ」

「隆のために必要でしょう？」

「そりゃ、そうだけれどね、由美も勉強していい所に就職して、いい人と結婚したいだろう？」

「……」

夢はそうだけれど、現実は無理。二人はお互いに判っていた。

美代は隆がいるからなかなか難しいことを、由美も経済的に難しいことを——。

でも新年から夢のない話はできなかった。


宮城の冬は寒い。

「ただいま！」と玄関が開いて「あっ、お父さんだ」由美が出迎えに走る。後を追うように隆が付いて行く。

「お、か、え、り」と隆が言うと、貴之が隆の頭を撫でて「明けましておめでとう」と笑うのだった。

「お父さん、お疲れ様」由美が言うと、奥から美代が「お疲れ様、お風呂に入る？」

「そうだな、今年はカウントダウンのイベント用の蒲鉾で、会社は儲かったんじゃないかな？」

「臨時ボーナス？」嬉しそうに言う美代に「それはないだろう」と笑う貴之。

「十一時には出ましょうね」

「大崎八幡宮は久しぶりね」由美が嬉しそうに言う。

「初詣の人が多いから、隆と手を繋いでいてよ」

「はい」

「ぼ、く、だ、い、じょう、ぶ」

「去年は小さい神社でも迷子になったじゃない」

父の貴之に似て子供は背が高く、由美も高校二年で一六五センチのスラリとしたスリムな体型だった。

由美は専門学校に行って就職しようと心では決めていた。でも何を勉強するのかと聞かれると、何がしたいのか判らなかった。

本音では大学に行きたい気持ちがあった。クラスの友達の大半は大学か短大、専門学校で、就職はごくわずかだった。

その年の春のこと。友人の一人に看護師になると聞かされて、ふと自分も看護師の仕事をしてみようかと思い当たったのだった。弟、隆の病気が心のどこかにあったのかも知れない。

ある日「お母さん、友達の美由紀がね、東京の看護学校に行くらしいの。私も一緒に行こうと思うんだけどいいかな?」

「東京は物価が高いから大変だろう?」

「学生寮に入るから、大丈夫みたいよ」

「学費は何とか出してあげられるけれどね」

「学費があれば、あとは大丈夫よ、バイトするから。東京は田舎と違って働くところはたくさんあるからね」

「変なバイトしたらダメだよ、お嫁に行けなくなるからね」

「判っているわ。美由紀がね、今度の連休に下見に行こうと言うのよ、行ってもいいかな？」

「東京は恐い所だからね、よく見て来るんだよ。自分に合ってなかったら地元にも学校はあるからね」

「はい」とは答えたが、都会に憧れがあったのは事実だった。

由美は姉の影響もあって、美容関係にも興味があった。時々姉の道具を使って叱られたこともあったのだ。

新間由美が友達の須藤美由紀と一緒に東京に出かけたのは高校二年の一月の連休だった。

東京は二度目、今日は学校を見てから東京に宿泊して、翌日の夜に宮城に帰る予定になっていた。

新幹線を降りて中央線に移動する。

たくさんの人に飲み込まれそうになる二人、行き先の掲示板だけが頼りで長いエスカレーターに乗る。

「凄い、高いね」と由美が言うと「田舎者だと思われるから」と美由紀が小声で制す。

聞こえてしまったのか、周りの人が笑っていた。

その中に山下巧美がいた。友人二人に向けて目で合図を送る。

美由紀は比較的可愛い垢抜けした学生、由美も普通の学生だった。

ただ由美は背が高く、ヒールのある靴を履くと一七〇センチを超えるから、あだ名でジャイアントと呼ばれていた。毎日のように背丈が伸びているような気がするのだ。

エスカレーターを登り切ると始発の電車が停車している。

乗り込む二人は大きなバッグを持っているから、山下達には田舎から来た学生だとすぐに判ってしまい、目を付けられたのだ。

由美達が座ると三人は前の席に腰を下ろした。

しばらくすると車内は混んで来て、年老いたお婆さんが乗り込んできた。

由美は素早く立ち上がって、その老婆に席を譲った。

今度は子供を抱いた女性が二人乗り込んで来る。

美由紀が席を譲ると遠慮しながら座る女性、発車すると御茶ノ水駅でまた老人が二人乗り込んで来た。

すると由美が山下達のところに行って「席を譲ってあげたら?」と話しかける。

「どうして?　譲るの?」と山下が言うと「元気な若者が譲るのは当然よ」決めつけたように言った。

「田舎者の姉ちゃんが何、格好付けてる」

「やめてよ、ここは東京よ」

由美の袖を美由紀が引っ張る。由美は時々田舎で同じ行動をするから、美由紀が怯えて止めた。

立ち上がる三人を見て「わあ、いい感じ、譲ってくれました」と言って老人に席を指さした由美だった。

「降りな、姉ちゃん」と恐い顔の若者。

「判ったわ」ドアに近づくと、扉の閉まるのを見計らって由美が三人を押した。

二人が押されて電車の外に、山下だけが車内に残って電車が発車した。

「何するんだ」と怒る山下。

「早く降りないから、はぐれたね」と笑う由美。

このような連中は一人になると大人しいことをよく知っていた。

「よく見ると可愛いね」

そう言われて怖くなる山下。殆ど背が変わらないから、小柄な山下には由美達が女番長に見えていた。

「覚えてろー」

次の駅で慌てて降りる山下の捨て台詞がホームに消えていった。

田舎なら拍手喝采なのに、何事もなかったように電車は新宿を過ぎて走る。

こうして二人の東京は始まった。

二話

二人は国分寺で降りた。

「結構、田舎よね」

「仙台から少し離れるのと変わらないわね」

住所を調べて国分寺看護学校に向かう。バスに乗ると住宅地が十五分程続いた。

「あっ、見えて来たわ」

「大きい建物ね」

二人は建物が気に入ってしまい、早々にこの学校に入学を決めて、その後は高校三年生を満喫する心づもりだ。進学先とか就職先が決まると気は楽になる。

夏休みには、高校の同級生との初体験も済ませた。好奇心はあったけれど終わると呆気なかった。好きという感情よりも興味が勝っていたから、やっぱり愛のないＳＥＸは駄目ねと思う由美だった。

色気づくと化粧も覚え、姉から教わりながら化粧をする機会が増えていた。美容師の里美は由美をモデルにしていろいろなテクニックを施すから、どんどん上手に、きれいになる。

里美は以前、隆に化粧をして叱られたから、もっぱら由美がモデルを引き受けていたのだ。

由美は化粧で変わる自分に驚きと優越感を覚えた。

休みの日に化粧をして街に行くと、二十歳に見られて嬉しい時もあった。

卒業式が終わると、美代が用意してくれた生活用品を看護学校の寮に送るのだが、そこはケチ由美。異名の通り、ちゃっかり美由紀の荷物に便乗させて送り付ける周到さだ。

美由紀と二人で姉の美容院に行き、髪を茶髪に染めて貰う。これは餞別代わり。里美も呆れる行動だった。

美由紀は変身してご満悦、由美も少し短い髪になっていた。

三年間の看護学校を卒業すれば、地元に戻って看護師として働こう、隆の面倒もやがて自分が見ることになるだろうと考えての看護学校なのだ。

しかし、しばらくすると悪魔の街・東京が大きく口を開けて二人を飲み込むことになる――。

欲しい物は何でもあるし、お金があれば手に入る。こんな楽しい街はないことを知ってしまう二人。

テレビでしか見たことのない劇場の芝居も、歌も、音楽も、そして食事も、看護学校の同級生が色々な話を教えてくれる。

タレントの話、装飾品、美容関係……。そして、美容整形にも強い興味を持つようになった。

怖い物は何もないかのようだった。ただ、お金がない――。

そこで学校の空き時間にバイトを考え、美由紀はコンビニで十二時までのバイトを始め、由美もファミレスのバイトにこっそり出掛けることにした。

寮の規則を破ってでも、お金が欲しかった。

田舎者と思われたくない二人には、綺麗になりたい願望があった。ケチ由美も美容の魅力には勝てなかったのだ。

「お金を貯めて、整形して、いい男を掴むわ」と美由紀が言うと「私は、男は要らないけれど、綺麗にはなりたい」

「プチ整形なら安いわ」

二人は秋までには、お金を貯めようと努力していた。

由美に比べて男遊びも好きな美由紀は、ある日若い男を由美に紹介した。

高校を出てすぐに仕事をしている工場勤めの男で、もう何度もラブホに行ったと自慢していた。

美由紀は前田純という二十歳のその男にお金を出させて遊んでいた。

前田は殆ど給料を美由紀と遊ぶことに使っているようだ。

寮の部屋で、煙草も吸い始める美由紀だった。

「身体悪くするよ」

「大丈夫よ、少ないから」

「純なんて、日に二箱も吸うらしいよ」

「私、煙草の煙に弱いから、ベランダで吸ってね」

由美は美由紀を見て、女は付き合う男で変わるなあ、高校の時は自分の陰に隠れていた美由紀が、今では肩で風を切って歩いていると不思議だった。

二話

そんな美由紀の彼氏が友達とドライブに行くことになった。

前田が、自分の友達が彼女を欲しがっているから機会を与えるのだと、誰かを誘うよう美由紀に頼んでいた。

同部屋の由美が一番頼みやすい。日曜日の昼間なら由美のバイトもない。

「お願いよ、付き合ってよ、純の友達最近彼女いないらしいのよ」

「昼ご馳走してくれる?」

「いいよ、昼くらい簡単だわ」

「でも、七時からバイトだからね、それまでに帰るならだよ」

「判ったわ」早速電話で返事をする美由紀だった。

日曜日に黒のデラックスな車が女子寮の横の道路に停まった。

窓から見ていた美由紀が「来たわ、行こう」と先に出て行った。

付いて行く由美、気乗りはしていなかった。

車の中の煙草の煙が嫌だった。

車から降りてきた二人の男を見て、どこかで見たような……と思ったがそのまま車に乗り込む。

後ろの席に二人が座って「俺、前田純、美由紀の友達。こいつ山下っていうの、よろしくな」

山下と呼ばれた男は軽く会釈をしただけだった。

「私、須藤美由紀、彼女は新間由美、故郷が同じなのよ」と紹介すると「新間由美といいます、よろしく」と会釈をする。

車はすぐに高速に向かう。

「純、由美バイトだから、夕方六時には帰らないと駄目だからね」

「オーケー」と言うと早速煙草を吸い始める三人、車内の空気の悪さに窓を開ける由美だった。

「どこに行くの？」

「河口湖」

中央自動車道を高速で走る車。

「いい車ね」

「兄貴の車、借りてきたんだ」

それは嘘で、勝手に乗って来ていた。

山下巧美は女性にもてたいために、兄寿実の留守に拝借していた。

山下家は父が商社マンで重役、寿実は国立大学を卒業して父の関係で一流商社に就職、海外出張もこなす、入社五年目の将来を約束された男だった。

山下巧美だけが異端児で、高校をギリギリで卒業、とても大学に行ける学力はなく、予備校に一年行ったが、その後は何をしても長続きせず、現在に至っている。

寿実の母が亡くなって、数年後に父が再婚で巧美が生まれたのだ。

巧美の母瑠璃子は寿実の母と姉妹で、姉寿子の後添いに妹が嫁いだ形だった。

再婚で甘やかした巧美がこのように育ってしまったと、父俊武は嘆くのだった。

中央道を時速一〇〇キロ以上で走って、河口湖に到着した四人。

「どこに行くの？」美由紀の質問に「まかせろって」と言う純だった。

「富士山が鮮やかに見えるわね」

「雲が切れて」

車は大石公園に着くと「わー、綺麗」一面にラベンダーが咲き誇って、河口湖に富士山が映って絶景だ。

「純、いいところ知ってたね、ラブホしか知らないと思ってた」美由紀が馬鹿にしたように言った。

「本当に綺麗ね」由美も携帯で撮影をしている。

腕を組む純と美由紀、離れて歩く巧美と由美。腕を組みたい巧美だがなかなかできない。

美由紀が「三人並んで、写真写すわ」と交代で写す。

昼は名物の富士吉田うどんを食べる。

「名物に美味い物はなしだな」と巧美。ようやく由美も巧美と話をし始める。

だが何回見てもどこかで会った気がして仕方がない……。

「巧美さん、私のこと知らないですか?」と聞いてみた。

「知らない、会ったこともない」巧美は素っ気ない。


由美と美由紀は化粧も以前とは変わり、髪も茶髪に変わっている。

四ヶ月の東京生活で、昔の高校生のイメージは消えていたから判らない筈だった。

河口湖の遊覧船に乗り、少し汗ばむ身体を涼しげな風が包む。

「気持ちいいわね」

「朝少し雲があったけれど、雲が切れてからは快晴ね」

「ところで、あの山下って人、どこかで見たんだけど思い出せないのよね」

「由美、最初から同じこと言ってるよ」

「そうなのよ、気になるのはね、いい印象ではなかったからよ」

「そうなの?」

二人が話をしていると、缶コーヒーを持って純と巧美がやって来た。

差し出した缶コーヒーに「ごめん、私飲めないのよ」と由美が言う。

「そうなの、由美ね、コーヒー飲まないのよ」

そう言われて、巧美はコーヒー缶を純に渡し、すぐに走って行ってジュースの缶を持って戻って来た。

「これなら、飲めるか？」と由美に差し出す。

「ありがとう」そう言って遠慮しながら受け取る由美。なかなか気が利く男ね！　と初めていい印象を持つ由美だった。

三話

山下巧美、二十一歳、無職。その男の印象が少し良くなったが、もう帰る時間になる。

遊覧船を下り「もう帰らないと、バイト間に合わないわ」と由美が言うと「今日は、病気で休めば」と美由紀。

「駄目よ。今のバイト、学校の時間とか考えると場所も最高なのよ！」

何も言わない男二人、車は河口湖をあとに高速に向かって走り出した。

「間に合うように走るよ」と一言言って巧美は車を走らせる。

高速の掲示板には渋滞の表示。日曜日の夕方、上りの中央自動車道は必ず混んでいる。

焦る巧美を見て「急がなくてもいいわよ、事故でも起こしたら大変だから」と由美。

巧美に少し好意を抱き始めていた。

その後、二人は時々会うようになる。

バイト先のファミレスに巧美が食事をするために来るからだ。

何度か会うと情が生まれるのが常で付き合うようになった。

由美には初めて付き合った男性なのかも知れない。

高校の同級生との、好奇心からのＳＥＸでの付き合いとは少し違っていた。

その後、巧美は就職はしたが長続きはしない。相変わらず小遣いは母親頼みが現実だった。

巧美は実母を早く亡くした兄寿実に、哀れみを感じていたのかも知れなかった。

母の顔を全く知らないで育った兄と、両親に甘やかされて育った巧美の違いかも知れなかった。

母は姉の子供を必死で育てた。

寿実が二歳の時、姉が心臓麻痺で他界し、途方に暮れる俊武を葬儀で見た妹、瑠璃子は家政婦代わりで寿実の面倒を見ていた。

商社マンの俊武は出張も多く、子供の面倒を見ることができなかった。

そのうち二人に愛が芽生えて再婚になった。

母は姉の子供を立派に育てるという使命感があって、そのため厳しく育てた。

反面巧美には、父俊武が甘やかすのを黙って見ていた母だった。

いつも、兄は偉い、偉いで育てられ、巧美は落ち溢れの典型、高校生からは不良仲間との付き合いも増えて、今でも続いていたのだ。


二人は半年前に会っていたのだが、なかなか思い出せない由美。

髪型や化粧で変わった由美を思い出すことは、巧美にはさらに困難なのだ。

二人は時々ファミレス以外でも会うようになるが、仕事をしない巧美を由美はそれ以上好きにはなれない。

一方、巧美はその頃の由美に対して姉貴的な感覚で、身体の付き合いも含めて好意を持ち続けた。

由美と美由紀は異性に対して割り切るのが常だった。

美由紀はＳＥＸをするからイコール結婚の考えが全くない。

四人の付き合いは年を越えると自然消滅に向かい、美由紀が純と喧嘩別れをしたことで、由美と巧美も連鎖的に別れた。
その後も美由紀は男性と付き合うが、短期間で別れることを繰り返すのだった。

看護学校の勉強は真面目に受けるから、成績は中位で安定している。
同級生の友達もたくさん増えて、バイトで稼いだお金で念願の美容整形をする二人。
美由紀は元々美人顔だが、少しバランスが悪いのでそこを治すと綺麗な顔に変身した。
額が広いのと、歯並びが良ければ完璧だと自分では自信を持っていた。
二学年目になる前に二人は変身した。
髪の色も茶から少し暗くしてイメージを大きく変えた。
化粧が変わって上手になったのよと言ったが、同級生は信用していなかった。
時々田舎に帰ると東京に行って垢抜けしたな、と言われて喜んでいた。
二年目になると実習が始まって、三年生になると就職先を決める。
二人は近くの総合病院に就職しようと考えていた。
それは実習で何度か行って、好みの先生がいたという単純な理由だった。
二人のどちらが先生を落とすか、それがこの府中総合病院に就職する理由だった。
整形をしてから自信が生まれた。

派手な髪形や化粧をやめて清楚な装いをし、落ち着いた雰囲気に変身する二人は、実習からいい印象を与えて、できれば玉の輿を狙うのだ。

美由紀は将来お金ができたら歯並びも治したいとの希望を持っていた。

ケチ由美の真似をして最近は煙草も吸わなくなっていた。

女性は付き合う男で良くも悪くも変わるのだと、由美は美由紀を見て呆れていた。

今は病院の医師、佐藤和夫に気に入られようと必死だった。

国立大学の医学部卒業で年齢は二十七歳、将来有望、美男子、結婚はしていない。ほかに殆ど佐藤のことは知らないが、それだけで十分だった。

週に一度の実習が楽しみ。二十一歳になる二人にはそれでよかった。


正月には就職も決まって、二人揃って地元の成人式に帰った。

垢抜けした二人に同級生達が「さすがは東京ね、綺麗になったわね」と褒め称える。

男子も二人にアプローチをするが今は眼中にない。田舎の同級生には目もくれないのだ。


この看護学校は合格率一〇〇パーセントで全員が資格を取得するので、地方から出て来た生徒は卒業と同時に半分以上は東京都内の病院に就職が決まる。東京の空気を吸うとなかなか田舎には帰れないのが現状で、地元に帰る生徒はごく僅かだった。

美由紀も由美も当初は宮城に帰って就職する予定だったが、もうその考えは消えていた。

こうして、宮城の田舎から東京に出て来た二人の少女が大人になり、都会で恋と未来に希望を持って生活を始めた。

二〇〇三年の春、桜の花が満開の頃だった。


柏木廣一が仕事で関西から東京に行くようになったのはこの年からだった。

小さな食品製造メーカーの営業として、この春から関東の大手問屋との取引が始まったためだった。

柏木は大学を卒業して住宅資材の会社の営業を十五年以上務めていたが、建築不況で業界に見切りをつけて転職したのだ。食べ物は不況に強いという友人の言葉を信じての転職だった。

三十九歳独身、いつの間にか結婚もできないで四十歳を迎えようとしていた。

最近髪も薄くなって歳を感じ始め、もう一生独身も覚悟の柏木だった。

職種は異なるが同じ営業で簡単だと思ったが、食品と建築資材では営業スタイルが相当に異なり戸惑う。

東京の大手の問屋は日本の隅々のスーパーや生協、デパートと取引があった。

柏木はその後、問屋の営業の下部のような日々を過ごして、遠くは北海道まで同行販売に出掛けるようになる。

柏木廣一は一人っ子で両親はサラリーマンの共働き。九州の福岡が実家だと父は語ったが、廣一は一度も行ったことがなかった。

父孝治は母眞悠子と結婚の時、両親に反対されて飛び出してきていた。頑固な父親との喧嘩で勘当されたというのが正しかった。

父には弟孝介がいたから、実家を出ても安心との思いもあったのだろう。その後連絡もしないで、母眞悠子と生活をしていた。

その父も去年、病で他界し、今では母と二人での生活になっていた。

母は、廣一が嫁を貰って安心させて欲しいと口癖のように言うのだが、特に財産がある訳でもなし、息子の容姿もいまひとつ、会社は二流、給料は転職入社の後は殆ど昇給がない……と今は半ば諦め気分だ。

最近は出張が多いので、持ち出しも多いのではと思う。僅かな蓄えでマンションの頭金位は出せるから、嫁を貰ってこの家から出て欲しい。それが眞悠子の本音なのだ。

それを知ってか知らずか、母の願いをよそに無情に歳を重ね、髪だけは少なくなる息子に諦め顔の眞悠子だった。

四話

府中総合病院に就職した美由紀に、先輩看護師が言った。

「看護師が医師を好きになっても、遊ばれて捨てられるだけだから、希望を持たないようにしなさいよ」

まるで美由紀の気持ちを察したような忠告だった。

美由紀が配属された外科病棟の先輩なのだが、この言葉をあっさりと信じて美由紀は佐藤医師を諦めた。

「由美に譲るわ、私、医者とか医療関係の人とは結婚したくないからね」

本当の理由を由美には教えない。

美由紀は美容に給与の半分を使う徹底ぶりで、いつの間にか再び整形をしてより美しくなっていた。ただ、歯の矯正には大金が必要なため思案をするのだ。

由美は半年経過しても、佐藤医師との交際のきっかけさえも見つけられない状態が続いていた。初めての勤務も手伝って、なかなか気持ちに余裕がなかったことも理由のひとつだった。

二人は病院の近くにマンションを借りて共同生活をしていたが、秋になると美由紀が突然
「もう、二人とも彼氏ができるから、別々に暮らそう！」

そう言って近くの立派なマンションに引っ越してしまった。

毎度のことだったが美由紀は自分勝手に男と付き合って、何か嫌なことがあるとすぐに別れるを繰り返すのだ。

今回もまた病院に来る薬の営業と関係ができたようだ。

由美が知っているだけでも十人近くは付き合った男性がいた。

化粧も上手で整形もしているから、すぐに男性が声をかけて、気に入ったら付き合う、そんな軽い感じなのだ。

半年を過ぎると、夜勤のローテーションに入る。

そうなると、また男性が変わってしまう。

それは、生活リズムが変わるからで、世の中が休みのときは仕事、自分が休みの時は相手が仕事というすれ違い。美由紀は彼氏と半年も経過しないで別れていた。

すると今度は合コンを覚えて、由美にも誘いをしてくる。

一人では参加できないので由美を誘い、次々と異なる合コンに参加する美由紀。

気に入った男性を見つけると積極的にアプローチし、煙草が嫌いな男性には吸わないとうそぶき、酒を飲む男性には合わせるといった感じで、付き合い始めるまでは相手に合わせて振る舞う。長年の処世術なのだ。

二年が瞬く間に過ぎ去り、結局由美は佐藤医師とは何もなく、佐藤の転院で儚い恋は消えていた。

美由紀はその年の秋に一大決心をして、歯の矯正資金を貯めるのだと風俗の門を叩く。夜勤を利用して働くのだという。

そして由美に一緒に行こうと誘うのだが、流石に風俗は由美にはできそうもなかった。

断ると美由紀は自分一人でも行くと、デリヘルで働くために面接に行ってしまうから、唖然とする由美だ。

何人もの男性と経験のあった美由紀には、お金のために身体を売ること自体そんなに大きな問題ではなかったのだろう。

合コンでは外国人の友人とも関係ができたと笑っていた。

そして、白人は合わないわ、臭いし、サイズも、堅さも、黄色人種が一番いいわと話していたから、デリヘルで働くのに抵抗はなかったようだ。

ただ、自分の身元がバレることを極端に嫌っていた。それは、いずれいい彼氏を見つけて結婚しようと考えていたからだ。

高校時代は大柄な由美の陰に隠れて由美に付いて歩いた美由紀が、今では完全に立場が逆転していた。

「デリヘルの仕事はどうなの？」と聞いたら「知らない男のペニスを咥えるのは抵抗があるわ、だからゴムを被せてSEXするのよ、その方が楽だし衛生的よ。男なんて一度出たら終わりだからね」と言って笑う。フェラが嫌いな美由紀なのだ。

　由美には判らない感覚だった。

　そんな美由紀が「いい客捕まえたのよ」と嬉しそうに話した。

「どんな？」

「大手の家電の重役さんだと思うのよ、今度テレビ貰えるのよ」

「家がバレてもいいの？」

「山田さんいい人だから、大丈夫よ！」

　山田真二郎、六十歳。関西から月に一度、会議で東京に来るらしい。

　数日後、美由紀のマンションに行くと、大きな液晶テレビが居間に置いてあった。話は本当だったのだ。

「凄いでしょう。いいお客を捕まえれば、給与以上になるわ、もうすぐ店は辞めるわ」

「まだ、半年程しか働いていないのに？」

「山田さんが辞めてって言うから。お金もくれるのよ」

「それって、パトロン？」

「まあ、そうかも知れないわね」

しばらくして、デリヘルを辞めてしまう美由紀に由美は困惑した。

結婚に憧れているのに、パトロンを捕まえるとは――。

そんな頃、由美には以前付き合っていた巧美が近づいて来て、再び交際を迫っていた。

相変わらず、定職には就いていない。

「就職が安定しなければ、もう何度来ても付き合いませんから！」と強い調子で言う。

すると、「どこかで聞いたな、覚えがあるな」

ようやく大昔の電車での出来事をお互いが思い出したのだ。

「お前、あの時の高校生？」

「あなた、あの時のチンピラ？」

人間の感情とは不思議なもので、そのことが二人を懐かしく思わせ、また付き合いが始まった。

美由紀は月に一度の山田の上京を楽しみにしているのだが、時間が余るとまた合コンに行き、そこでまた別の男性と付き合う。

この頃はまだデリヘルの仕事で知り合った人と、普段付き合う人の区別を付けていないようだった。

その半年後、山田が上京した時、美由紀は気分が乗らなくてSEXを断ったことから、関係が悪くなって決別の喧嘩をしてしまった。

山田はお金も電化製品も多数美由紀に与えていたので怒りは大きかった。

しばらくして、美由紀はまたデリヘルに働きに行くと言い出した。

もう少しで歯の矯正の代金が捻出できることが理由だったが、またいい男性を見つけたいのも本音だった。

今度は絶対に本名は教えないし、住所も教えないと固く心に決めて、自宅マンションから遠い品川のデリヘル「メルヘン」を選んだ。

「メルヘン」のキャッチが清楚な女性、そして何より美由紀が気に入ったのは、上客が多いと聞いたことだ。イメージも黒髪のセミロング清楚系に変身した。

今年で二十五歳、そろそろ結婚の準備も必要だと考えたからだ。

由美はこの美由紀の行動に、ただ呆れるだけだった。

その後も山田は上京すると美由紀に連絡を取っていたが、着信拒否が続いていた。

病院に電話をすると由美が代わりに出たため、山田の不満は少し和らいだのだが……。

でも、目当ては美由紀。また付き合いたいのが本音だった。


イメージチェンジした美由紀は春からデリヘル「メルヘン」に勤めだした。

以前と同じくフェラよりＳＥＸが楽で、衛生的だと思っていた。

美由紀は殆どの客と本番をする。

月に一度は来ていた山田真二郎からは、次第に連絡もなくなった。

美由紀は頑固だから、一度嫌いになったらもう戻らないことを由美は知っていた。

源氏名は陽奈になっていた。

その日、美由紀は久々にデリヘルに仕事に出た。

「今夜のお客さん、指名のみどりさんが急に退職されたので、代理で行って貰えませんか？」

店長がそのように伝えた。

「黒髪の清楚が好きみたいだから、今陽奈さんしかいないからお願いしますよ」そう頼まれた。

「私もそんなに多く入ってないし、指名もないからいいですよ」と快く引き受けた。

「じゃあ、お願いします！　みどりさんは三時間コースなんだけど、何分になるか判りませんので、よろしく」

美由紀はドライバーに送られて、品川のホテルに向かった。

運命の出会いのために！

五話

柏木廣一は食品の営業にも慣れ、最近では取引先の問屋も安定して、月に一度東京の営業に二泊三日で来る。

髪はもうすっかり薄くなって、禿げ親父に見える。

東京に出張に行きだして、もう五年の歳月が流れていた。

最近は母の眞悠子も息子の結婚は諦めたように何も言わなくなっていた。

廣一の頭を見ると、完全に親父の顔だった。

そんな、廣一に楽しみができたのは二ヶ月前からだった。

以前時々ソープで遊んでいた廣一は、友人からデリヘルを教えて貰ったのだ。

最初は全く信じていなかったが、二ヶ月前初めて行ったデリヘル「メルヘン」のみどりという女の子が気に入って通い始めた。

でもデリヘルでは本番がないのが普通だ。

今夜は三回目、前回「次回、村田さんの希望は叶えるわ、呼んでね」といわれて来たのだ。デリヘルでは村田廣一と名乗っていた。

それが突然の退職メール。落胆する廣一に丁重に謝る「メルヘン」の係が言う。

「陽奈さんも最高ですよ。みどりさん以上かも知れませんよ！」

代わりでというが、廣一の落胆は大きいのだ。

ソープの機械的な性処理より、世間話をして気に入れば食事も行けるデリヘルに親しみを感じ始めていた矢先の出来事だった。期待もなく部屋で待つ廣一。

「気に入らなければ、六十分ですよ！」と係の男に強い調子で言う。

「いいですよ」と係の電話での応対だった。

チャイムが鳴って陽奈が入って来た。廣一はその姿に一目惚れをしてしまった。

おまけに陽奈は廣一の希望の本番を「私、フェラ上手じゃないから、ゴム着ければ本番でいいわ」と言ったから、ますます廣一は気に入ってしまったのだ。

メールアドレスを聞くと陽奈は簡単に教えた。

廣一は、この陽奈さんが自分に好意を持っていると勝手に解釈していた。

美由紀は以前の失敗から、何人かのパトロンを用意し、三人から五人を交代で相手してお金を貰おうと考える。

デリヘルで不特定多数の男性とSEXするより効率がいいし、デリヘルに勤めて変な噂が出るのも困る。

今度は夜の顔と昼の顔を使い分けようと思っていたのだ。

美由紀は由美には大体のことを教えてくれた。

この時のことを後で美由紀は「禿の変な関西人だったわ、SEXは意外と合うから、候補の一人ね」と話していた。

翌月も廣一は三時間のコースを美由紀のために予約してくれた。

美由紀はこの廣一をパトロンの一人に入れようと考えていた。

一晩に七万円も使うからお金は持っているのだろうと思っていたのだ。

翌月は遂にお泊まりコースになって、SEXも合うから決まりだねと考えた。

他に堀越富夫という北陸の建築会社の社長も候補になっていた。

あと二、三人は必要だわ。廣一に四回目の時、話を切りだした。

「店、通さないで会えない？」

「えー！　いいのですか？」

「私も店通さない方が、時間も楽だから」

廣一もそれが良かったから、すぐに話は成立して、翌月から夕方会って翌朝別れることになった。

堀越も同じ方式で納得して、これで二名が決まったと美由紀は嬉しそうに由美に話した。

恐い行動を平気でする美由紀なのだ。

デリヘルのホームページには顔は写ってはいないが、知り合いならすぐに判る写真が数枚掲載されている。

美由紀、大丈夫かな？　とこの頃心配していたのだ。

久保正という九州の運送会社のおじさんが、三人目の美由紀の客になったのは秋の初めだった。

そして続けて、黒岩悦夫が四人目の客として加わり、美由紀のポケットは一杯になった。

廣一とは話が合うから、最初の三回から進んで、旅行に行こうと誘われるようになっていた。

昼には戻らないと夕方の仕事に間に合わないので、国分寺から行ける範囲に限られていた。

廣一と美由紀は、夕方四時から翌日昼までの近場の旅行に出かけた。

この時美由紀は名前だけは教えた。陽奈と呼ばれても返事ができないからだが、廣一も村田を名乗ったままで、本名の廣一だけを教えた。偶然にも、美由紀と全く同じことだった。

美由紀はお金のためだが、廣一は好みのタイプの美由紀のことを本気で好きになりそうだった。


美由紀は由美の姉の職業の美容師を名乗って誤魔化す。決して看護師とは言わない。山田真二郎に本名と仕事を喋って大変なことになったからだ。

その山田が数ヶ月振りに電話をかけてきた。しかし、依然、美由紀は電話には出なかった。

そこで、由美にお鉢が回り、少しの間九州に応援の仕事で行っていたと話し、続いて山田は「職場に喋るがいいのか?」と美由紀に伝えるように言ったのだ。

事態は大変なことになった。

美由紀は病院にデリヘルの話をされる恐怖を感じて、仕方なく来月会うと連絡をした。頭の中ではもう、病院を変わろうと考えていた。

すでに山田に会って抱かれる気分ではなかった。美由紀は一度嫌いになると、もう戻れない性格だった。

由美は病院を変わる相談を受けて、逃げることを考えていると思った。そして、自分にも変われという身勝手な性格なのだ。

病院には盆も正月もない、交代でやっと休暇が取れる。由美には今年もまた、美由紀に振り回されそうな予感がよぎった。

一月の半ばには、山田のことは忘れたかのように柏木廣一と温泉旅行に出かけ、お土産を由美にくれた。

山田は二月に東京に来ると連絡してきた。

美由紀は二月を乗り切れば、三月にはこの府中総合病院から品川の総合病院に変わる準備を着々としていた。どの病院も看護師不足で、すぐに採用されたのだ。

由美はこの時、一緒には退職を申し出なかった。

余りにも身勝手な理由だったから、腹が立ったのだ。

だが美由紀は由美に、山田さんに会って自分の代わりに会えないと話して欲しいと頼んで来た。

「自分で何とかしなさいよ」

「冷たいわね、頼みを聞いてくれたら電動自転車あげるよ」と品物で釣る。

それでも嫌だと言うと、床に頭を擦りつけて「由美だけが頼りだよ、お願い」と頼む。由美も美由紀の性格を知っていたから、たぶん会わないだろうとの想像はしていた。

二月にも柏木と近くの温泉に出かけて饅頭を買ってくるのだが、山田が来る日には出掛けるという周到な美由紀だった。

山田は由美の説得と、病気という理由を半分信じて関西に帰って行った。

今由美が乗っている自転車は、その後三月に美由紀が残して行った自転車なのだ。

美由紀は三月に府中総合病院を去っていた。

山田が再び電話をしてきたが「美由紀さん、病院を退職しました。今はどこに行ったか私も知りません」と答えた由美なのだ。

それでも信用しない山田は三月の末に病院まで尋ねて来た。

相当たくさんのお金を美由紀のために使ったのだろうと思った。

引っ越しの時の電化製品の多さ、たぶん職員販売で少しは安く買っているだろうが、山田の出費は相当だろうと思われた。


柏木廣一も毎回相当なお金を使っていた。

安月給のサラリーマンが、長い間仕事をして貯めたお金を毎回少しずつ使って、美由紀を楽しませていた。

一度旅行に行くと美由紀の小遣いと旅費に相当使うのだ。

廣一には美由紀の恐い部分が見えていなかった。

四月は流石に品川のホテルで会うだけになっていた。

来月から夜勤のローテーションにも組み込まれて、忙しい美由紀でもあった。

それでも美由紀はこの病院では新人、知り合いが誰もいないのが不安になっていた。

だから何度も由美を誘う。

ここの病院には綺麗なマンションの寮があって最高よ、と言って。

六話

美由紀はデリヘル「メルヘン」には殆ど出勤せず、正式には三月で辞めていた。

翌月になると、仕事にも慣れて四人を上手に手玉に取り、小遣いと食事、廣一にはプラス旅行。廣一とは気楽に付き合えたので長時間を過ごした。

外見は禿げた中年のおじさんと、若くて綺麗な女性のカップル。廣一は月に一度の東京出張が待ち遠しい。

一度美由紀と旅行に行くと毎月の給料の半分を使っていた。

四十五歳を過ぎた禿で独身の男性、顔も不細工な部類の廣一に、こんなに若くて綺麗な美由紀が一緒にいること自体が不自然なのだが、本人は全く気が付かない。

他の三人は全員妻帯者で遊びと割り切っていた。一度美由紀と過ごすと、小遣いと食事で五万円から八万円の出費だが、社長など重要なポストに就いているから負担は少ないのだ。

だが美由紀から見れば廣一もお金持ちに見えるのだった。

仕事の内容は聞かないから詳しくは知らない。ただ、服装は廣一が一番安物に見える。

由美はこの頃はまだ府中総合病院に勤務していて、電話で時々近況を聞く程度だった。

電話の度に「会いたいよ、病院変わりなよ！」と懇願する美由紀。

本当は寂しくて、男性と付き合ってもそれはお金のためと割り切っていたからだ。

しばらくして、矯正歯科に墨田区まで行くのだと由美に連絡してきた。

「いくら必要だと思う?」と聞くので「五十万位？」と答えると

「冗談でしょう、三倍以上よ」と返事が返ってきて、驚いた由美だった。

そんなに、お金を要しても治したいのか?

八重歯が可愛いのにと由美は思うのだが、美由紀は他にも気になる所があるのだと笑う。

一体いくら整形にお金を使うのだと呆れる。

以前、由美がした整形は本当にプチの部類に入るらしいのだ。

四人のパトロンには、矯正しているから当分フェラはできないからね、と元々嫌いなフェラをしないでも納得させられる理由があって美由紀は喜んでいたが、食事など不便も多い。口の中にワイヤーが入っているし、悪い歯は抜くから食事も大変だった。

見かけの悪い矯正なら安いのだが、美容にうるさい美由紀は妥協をしないので高くなったのだ。

パトロン達は全員美由紀が美容師だと信じ切っていた。

化粧が上手で美容の話が多いし、何より右手の薬指が曲がっている。

「ハサミを持つでしょう、だからこんなふうになったのよ」と手を見せるとみんなが納得した。

子供の時の怪我だとは言わない美由紀の強かさだ。

それを聞いてその怪我の時一緒に遊んでいた由美は、笑うというより呆れた。

美由紀は品川総合病院の夜勤勤務を上手に利用し、四人のパトロンをコントロールしてしばらく機嫌良く過ごしていた。

今思えばこの時期の美由紀が、一番落ち着いていた時だったのかも知れないと思う由美だった。

　病院のベンチに座ってコーヒーを飲みながら遠い昔を思い出していた。

　柏木廣一とは徐々に付き合いがエスカレートし、夕方に会って翌日昼に別れるパターンが夕方から夕方までに延び、少し遠方に行くようになっていた。

「ね、由美、私先日ネックレス貰ったのよ」

「へー、恋人できたの？」

「違うのよ、パトロンの一人の村田さんよ」

「装飾品嫌いじゃなかったの？」

「違うわよ、今まではね、実用品を貰ってたでしょう。仕事の関係で身に着けられないから断ってたのよ、でもやっぱり装飾品はいいわ」

「勘違いするわよ」

「彼、独身だから、その気にさせればいいのよ。金持ちよ、きっと！」勝手に決めている。

「何故判るのよ」

「私と行くと十五万以上使うから。今回は別に五万もするネックレス買ってくれたからね」

「それなら、金持ちかもね。でも本気になってるよ、大丈夫？」

「大丈夫よ、私、何故身体にお金を使っていると思う?」

「判らないわ」

「年寄りを騙すためじゃないわよ、本当に好きになれる人に愛されたいからよ」

「顔で惚れても飽きるよ、美人は三日で飽きるというから」

「村田さんは性格も合うし身体も合うのよね、でも不細工で年寄りだからね。本気になられても困るよね」そう言いながら笑う。

「好きにならないなら、程々で別れなさいよ、可哀想だよ!　独身でしょう?」

「中年、独身、禿げ、私は若くて綺麗!　正反対よ」美由紀は笑いながら言うのだ。

由美は村田という人には一度も会ったことがないから判らないが、誠実な人で美由紀のことが好きなのだろう。そして何より、風俗で働いていることを許している。

普通はなかなか許さないのが常識だから、とその時思った。


一年遅れて由美も品川総合病院に転職した。

山下巧美もようやく定職に就いて、交際を再開していた。

元々家は商社マンの家族で立派、最近巧美がようやく実家の話を由美に喋ったのだ。

「あなた、落ち溢れなのね」と笑うと「僻みがあったからだよ」と笑う。

小さな会社だが今回は真面目に働いていた。父俊武の口利きだとは知らない巧美だった。

病院の寮になっているマンションは防犯設備も充実して部屋も広い。

「いいでしょう」

「本当ね」

「だから早く来なさいって言ったのよ！」

美由紀は引っ越しの片付けが終わった時に由美にそう言った。

確かに以前は寮がなかったから、待遇は格段の違いだ。看護師不足を補うために病院は色々と工夫をしている。

今はどこの病院も同じだろうが、老人の入院患者が多い。介護をしているのか、病気の治療か、区別がつかない程の重労働。由美も美由紀も身長があるのでまだいいが、背の低い小さな看護師には厳しい職場だ。

それに夜勤もあるから身体は相当疲れる。

由美は休みにはゆっくり寝るのが一番だったが、美由紀は違って四人のパトロンとのＳＥＸのバイトに行くのだ。

確かに美味しい物を食べて、お金が貰えるからいいのだろうが、由美にはとてもできることではなかった。

好きでもない男に抱かれる気分はどのようなものなのか？　想像をしても背中に悪寒が走る。

夏休みと冬休みには看護師達は長期の休暇を貰える。

普段お金を使う時間がないので、この時と決めて海外旅行に行く。美由紀も例外ではなかった。休みの度に昔の友達とか、今の病院の同僚と海外に行った。

でも由美はお金を使わない。

将来弟の面倒を見ることになる可能性が高かったから、休みが合えば巧美と近くのレジャー施設に行く程度。

この頃になって巧美は由美を初めて実家に連れて行ってくれた。巧美の母瑠璃子は大いに喜んで手料理をご馳走してくれた。

それは仕事もしないでブラブラしていた巧美を、由美が更正させてくれたと信じていたからに他ならない。

休日で父の俊武もいて、それはもう喜びようが半端ではなかった。

それ程巧美には手を焼いていたと後日語っていた。

東京に来て八年の歳月が流れていた。

相変わらず美由紀は廣一とは続いていた。あの美由紀がいくらお金のためとはいえ旅行に行ったりする。男性とこんなに長く続くのは珍しいと由美は思う。パトロンの内二人はもう別れていたのだ。

流石に仕事が疲れるのと、「一緒に短時間いるだけでも肩が凝るのよ」そう言って別れていた。廣一は肩が凝らないから、長続きしているのだと話した。

七話

「今度ね、北海道に行くのよ」と美由紀が嬉しそうに由美に話す。

由美以外の人には廣一の話は一切しないので、所詮美由紀にとっては闇の人間なのだ。

病院関係で付き合う人には本名を名乗っているが、パトロン二人には美容師で通していた。

だが、最近廣一は美容師に疑問を持っていた。

本気で好きになっていた廣一は色々美由紀のことを調べ、遊びに行く日が土曜とか金曜が多いのを不思議に思っていたのだった。

遠くに行くには二泊三日だと言うと、日曜日が入れば簡単なのにと答える。普通、美容院は日曜日が一番忙しい筈だから、不自然に感じていたのだ。

その廣一と美由紀が北海道に二泊三日で出掛けて行った。

自宅では眞悠子が子供の変化に気付いて「廣一、好きな人でもできたのかい？」と尋ねていた。

「いや、まだそこまで進んでないよ！」と誤魔化したが否定はしなかったので、母は遅い春が来たのかと期待をしていたのだ。

「どこの女の子なの？」

「東京かな？　出身は知らない」としか答えなかった。

まさか元デリヘル嬢と付き合って、貯金が大きく目減りしているとは知らない母だった。

レンタカーを借りて北海道を二人でドライブして、小樽の土産物店ではガラスのネックレスとブレスレットをプレゼント、一ヶ月の給料よりも多い出費をしていた。

それでも廣一には最高に楽しい時間だった。

羽田から飛行機に乗り、三日目の夜に帰る新婚旅行の気分を味わっていたのだ。

その後二人の旅行は徐々にランクアップしていく。

その間にも美由紀は合コンに参加して理想の男性を探そうとするから、由美は見ていて廣一という男性が気の毒になっていた。

一度も会ったことはないのだが、相当お金を使っているだろうと思われた。今思えば、一度村田さんに会うべきだったと後悔の由美なのだ。

人の気持ちとお金を弄ぶ美由紀の恐い性格を、もっと早く教える必要があったのだ。

残ったのは堀越富夫という北陸の建築会社の社長と廣一の二人だけだった。

この頃から、美由紀は誰に言われたのか、風俗を軽蔑する発言が目立っていた。

多少は貞操観念ができたのだろうかと由美が不思議に思ったのだ。

しばらくして、理由が判った。

合コンで知り合った一流会社の男性と付き合いを始めたのが原因だった。

この男性、伊達尚人が、風俗の女性を軽蔑する発言をしたからだった。

付き合う男ですぐに変わる美由紀の性格そのものだった。

伊達と付き合い出すと今度は堀越とも別れてしまった。

伊達尚人には、看護師であることも伝え、この仕事に生き甲斐を感じていると話して、興味を引こうと努力した。

歯の矯正も後半に入り、完璧になるまであと少しだと思っていた。

そんなある日、旅行先のベッドで「私のビラビラ、大きいと思わない?」と廣一に尋ねてきた。

「よく判らないけれど、大きいかも知れないね」

「そうでしょう、母も大きいのよ、不細工よね」と独り言のように言う。

それは伊達とのＳＥＸの時にいい印象を与えようとする考えから発した言葉で、毎回ＳＥＸをする廣一がどのように思っているのか、意見として聞きたかったからだ。

伊達との身体の関係が近いと感じていたのだろう。

流石に由美には聞けない部分だった。

その翌月、廣一が会った時には性器は綺麗に整形されていた。

もうすぐ伊達と肉体関係があるという確信に近い意味なのだ。

美由紀は伊達と上手に付き合って結婚しようとしていた。

誘われるままに身を任せ、恥じらいを見せて遊んでいないことを強調する技術も覚えていた。

たくさんの男性と体験をしていたし、風俗でも数々の男性を見て来て、男性を見る目は確かだと自負していた美由紀だ。

だが、翌日由美に言った。

「駄目だったわ」

「何が駄目だったの？」

「顔も仕事も家柄もいいのだけれど、あれの相性が悪いね。最悪よ！」と笑いながら言う。

「あれって？」

「鈍いわね、ＳＥＸが合わないのよ！」

「そうなの？」

「駄目よ、ＳＥＸが合わないと一生楽しくないからね」と簡単に言うので「村田さんは？　いいの？」と聞くと「性格とＳＥＸはいいわ、でも歳も顔も最低ね」と笑う。

美由紀に恐い部分を見た由美だった。


美由紀はもし伊達と上手く交際ができたら、すぐに廣一と別れる予定にしていたようだ。

今月は用事で会えないと連絡をしていたのだから用意のいいことだ。

伊達との相性が悪いと判るとすぐに廣一に甘えて、今度は九州に行きたいとお強請りをする、強かな美由紀なのだ。

由美は時々宮城に帰るが美由紀は殆ど帰らないで、時間ができれば合コンか廣一との旅行に行く。

由美が知っているだけでも、もう十ヶ所以上行っている。

地元に近い中尊寺に連れて行って貰って、初めて来たのと言うと廣一が喜んで色々説明をしたと笑った。

小学校の旅行から何度も行ったのに馬鹿みたいだったと由美に話す。

「そんなにからかって面白い？」と聞くと「本人が喜んでいるからいいのでは？」と笑う。廣一という人が可哀想な気持ちに何度もなった。

美由紀は男がいなくなると、廣一に甘えて優しく接し、男ができると、いつでも捨てるよといった態度に変わる。

美由紀に振り回されている中年のおじさんそのものなのだ。

由美はそれでも長い間、二人が続いていることに驚いたのは九州の土産を貰った時だった。

美由紀が同じ男性とこんなに長く付き合ったのは初めて見たと思った。

九州の話を楽しくする美由紀に「村田さんとは合うのね」と尋ねた。

「そうね、話は楽しい、肩が凝らないからね」

「独身だから、結婚すれば？　お金持ちでしょう？」

「違うと思うわ。今回ね、九州に行った時に聞いたのよ。祖父母は九州の出身で彼の両親は親に勘当されて出て来たみたいでね、彼は田舎に一度も行ったことがないから、場所も知らないらしいわ」

「じゃあ、いい会社の役職？」

「それも違うみたいよ。それにお母さんと二人で暮らしているようよ」

「じゃあ、相当無理して美由紀と付き合っているの？」

「たぶん」

「そうなんだ」

由美はその話を聞いて、なおさら村田廣一という男性が可哀想に思えた。

「由美、あんな年寄りと結婚なんて言わないでね、もう会えなくなるからね」

「性格が合うのが一番だって、美由紀が言ってたじゃないの？」

「大金持ちなら別だけれど、中年のおじさんで禿げで不細工じゃあ、駄目よ」

「妥協の余地、なしかな？」と笑った由美なのだが、内心この後どうするのだろうという疑問もあった。


年が変わって、また美由紀は合コンで知り合った男性と付き合いだした。

由美は付き合いで付いて行ったが、そんなにいい男性とは思えなかった。だが、美由紀は村田より数段いいと嬉しそうなのだ。

そう言いながら来月も村田と丹後半島に行くと言う。

蟹を食べに連れて行って貰うのだと、そして一緒に東京に来て、村田はそのまま仕事をするらしい。

美由紀は村田には吸血鬼だよ！　由美は毎度のことだがそう思うのだ。

美由紀には由美以外の人間には村田は存在していないので、影のような存在だったのだ。

珍しく、美由紀が丹後半島からお土産を送ってきた。それも由美の実家に。

「驚いたわ、蟹を実家に送ってくれるなんて、ありがとう！」

「両親喜んだでしょう」

「それは驚きの連続よ」

「私の実家にも送ったのよ」

「美由紀がこんなことをすると天変地異が起こるわよ」

「でも、最高だったよ、旅館も料理もＳＥＸも」

「それで、送ってくれたの？」

「まあ、そんな感じかな」と病院の廊下で話していたら、突然、大きな音と共に病院が揺れた。

「地震だ、大きいわ」

「恐い」

長い揺れが続いて叫び声が院内に響く。東日本大震災だった。

八話

「震源地、東北よ」

「えー」

「実家大丈夫かな？」

「大変な被害かも」その時また大きく揺れる。

余震が連続で来て、実家には電話もメールも届かない。由美も同じだった。

「あのおじさんからメールだ、東京にまだいたの」

「帰れないでしょう、新幹線も全て止まっているから」

二人には、村田のことはどうでもよくて実家が心配だった。

村田は美由紀の実家が東北だとは知らないから、メールで返事が来たことで安心していたのだ。

幸い二人の実家は無事だったが、連絡ができるまで随分と時間がかかった。

その後も余震が絶え間なく続き、加えて原発の破壊による放射能の問題が起こり、東北は深刻な時代に突入した。

二人は落ち着くのを待って実家に戻る。

幸い二人の実家は殆ど被害がなかったが、その後由美の父貴之の会社は観光客の落ち込みと港から捕れる魚のイメージもあって、極端な経営不振に陥った。

実家の生活は苦しくなり、由美は蓄えの殆どを実家に送り、父は転職を考え始めた。

政府の補助が出て勤め先は辛うじて存在はするが、回復までには遠い道程で、希望退職者を募集してパートは殆ど解雇になった。

美由紀も自分の貯金を実家に送った。

廣一からのメールには、海外に旅行に行くから少しの間連絡できませんと返事をする美由紀。実家が心配だったのだ。


廣一も東京で地震に遭遇して恐い思いをしていた。

数年前の阪神淡路大震災の際にも家が大きく揺れたのだ。

母の眞悠子は心配して何度も廣一の携帯を鳴らしたが全く連絡がつかなかった。

でも今回、眞悠子は地震よりも心配なことがあった。

家にはいくらかの食費を入れてくれるのだが、東京に行く度に預金が目減りしているような気がして、息子の行動に不審感を持ち始めていた。

例えば地元の飲み屋さんに全く行かず、服装は東京に行く時以外は殆ど同じ、食事も弁当に変わっていた。

いい女性に知り合って結婚でもしてくれればそれでもいいのだが、もしかしてお金だけ貢いで変な女に……という不安だった。

友人から、廣一と同じくらいの男性が飲み屋の女の人に預貯金を巻き上げられたという話を聞いて不安は増大していった。

その男性は四十代後半で、浮気が妻に露見し、離婚になって子供の養育費を払うことで離婚が成立。しかし養育費を払わない時が何度かあって、元妻は給与の差し押さえを要求。怒った男性は悪友の助言で勢い会社を辞めて、差し押さえを回避した。

そして退職金が手に入ると、元妻にいくらかの金を渡し元妻とも完全に別れた。

しかし、普段持ち慣れない大金を手にした男性は、スナックを飲み歩いて酔った勢いで退職金の話を喋る。

それを狙う女に身体を餌に、すべてを巻き上げられて放り出された。

その後は仕事もなく哀れな生活になってしまったという。

眞悠子は息子もそのようなことになっていないだろうかと、心配は大きくなるのだ。

五月の連休明けになって、ようやく由美も美由紀も元の生活に戻れた。

この辺りから美由紀は何故か廣一と親密になった。

理由は美容師が偽者だと廣一に見破られてしまったからだ。

連休明け、熱海の駅前で老人が倒れた時、美由紀がいち早く介抱したので、看護師だと判ってしまったのだ。

倒れた老人を放置する程のワルではなかったし、騙していたことに疲れを感じ始めてもいたから、看護師と告白してかえって楽になった。

でも住所も名前も、職場も言わなかった。廣一も聞かなかった。

美由紀は心の中で、この男は私の闇の人間で、絶対に明るい場所には出ない人間だと決めていたのだ。

それはデリヘルの職業に後ろめたい気持ちがあったせいもある。

しかし、その日から二人は会う頻度が多くなり、廣一の出費にも大いに影響を及ぼした。

預貯金の管理は自分がしていたから母は知らないはずだが、ある日、母から「廣一、東京に好きな女性でもできたの?」と聞かれた。

「何故?」

「お母さんの勘だけれどね」

「実は、看護師さんと付き合っているんだよ」正直に話した。

眞悠子はその言葉に急に明るくなった。

飲み屋の女性に騙されてお金をつぎ込んでいると考えていたから「看護師さんなの？」声が弾む。

「そうだよ」

「いくつなの？」

「二十八歳かな？」

「えー、若いね、もちろん独身だよね」

「そうだよ」

「よくそんな若い子と付き合えたね、二十歳違うよ。本当かね！」

もう母は天にも昇った気持ちになっていた。

「東京の女の人なの？」

「たぶん」

「出身地も知らないのかい？」

「地元の話はしないからね」

「何年付き合ってるの？」

「二年と少しかな」

「長いじゃないか、もう関係もあるんだろう」

「まあね」

「じゃあ、そろそろ来年には結婚かな?」

眞悠子は勝手に段取りを想像して夢を描いていた。

その日から心配も消えた眞悠子は、今度はマンションのチラシを見たり、結婚式場のパンフレットを見たりで夢を膨らませる——。


由美もこの頃、美由紀も落ち着くのだろうかと感じていた。

一方、自分は巧美の家に行くことが多くなり、交際は進んでいた。

ただ、震災の影響で結婚の話は延期になり、巧美はその後会社を辞めずに真面目に働いていたので、両親は由美の影響が大きいと褒め称えるのだ。


美由紀はその後もデリヘル時代の約束通り、廣一にお小遣いを毎回貰っていた。

多い時には月に二回、二人は会っていた。

「結婚しないなら、もう村田さんから別れたら?　可哀想よ」

「本人喜んでるわ、今度グアム島にも一緒に行くのよ」

「えー、海外旅行?」

「そうよ、変?」

「本名も判ってしまうわよ」

「あっ、そうだった。まあいいや、気楽に行けるからね」

「結構費用必要でしょう?」

「全部出してくれるから、やはり金持ちよ!」と上機嫌の美由紀。

由美は呆れて「村田さん、新婚旅行だと思ってるわよ」

「それで連れて行って貰えたらいいわ、私には彼と結婚なんて考えられない」

「冬のグアムっていいわね」

「いい客捕まえたでしょう、私、もう歳だからデリヘルもできないしね」

「正月に友達とペルーにも行くんでしょう?」

「うんうん、でもあれはケチケチ旅行、村田さんとは高級旅行よ。国内でも一流の宿だから、今度もいいホテルだわ」と楽しみにしている美由紀だ。

廣一は本当に新婚旅行の気分になっていた。

そしてパスポートが届き、廣一は須藤美由紀が本名だと知った。

「婚前旅行とは、なかなか廣一も凄いじゃないか。須藤美由紀さんか」とメモ書きをのぞき込んで嬉しそうに言う母。

「廣一、お母さんにも写真を見せておくれよ」と言うので、パソコンで印刷用紙にパウチした大きな写真を見せると、驚きの表情になった。

「廣一、これがこれがお前の付き合ってる看護師の人なの?」

「そうだよ」

「こんなに、綺麗な女の人なのかい?」

「そう、須藤美由紀さんだ」

写真を見てまた心配になる母、眞悠子。

自分の子供ととても合わないし、歳も若いし綺麗だった。

こんな女性が禿の中年と? でもグアム旅行に行くのは事実……。怪訝な表情を隠せない眞悠子だった。

九話

母、眞悠子は半月後に嬉しそうに東京に向かう息子を見送っても、まだ信じられなかった。条件が良すぎだった。若い、綺麗、手に職がある女性、年寄り、不細工、禿げ、会社は二流、金はない男性、こんなに合わないカップルはいないと思うのだった。


母の気持ちをよそに、二人は成田空港からグアムに飛び立った。

「須藤さんっていうんだね」

「村田さんも違ったのね」と美由紀が笑う。

「ビキニですか?」

「もちろん、私、スタイルいいからね。胸がもう少し大きかったらモデル志望でも良かったわ」

二人にとってこの時が、須藤美由紀と柏木廣一での初めての旅行になった。

楽しい旅行で、美由紀には廣一と行くと気楽なのが一番良かったらしく、グアムの土産をたくさん由美に買ってくれた。

そして写真もたくさんあったが、柏木廣一の写真は一枚もなかった。

「どうして柏木さんの写真ないの?」

「証拠が残ると将来困るからよ、彼氏ができた時にね」

「柏木さんもあなたを写さないの？」

「嫌なのに、一杯写すのよ」

「一緒に旅行に行ってツーショット写真一枚もないの？」

「ないわ、今までも、これからもね」

「グアムまで連れて行って貰って？」

「ないわ、それよりこれ見て」と耳に付けたピアスを由美に見せた。

「それ、結構高かったでしょう」

「買ってくれたのよ」とご満悦の美由紀。

「こんなに色々してもらっても好きにはならないの？」

「好きよ、でもそれは男と女じゃないわね」と言い放つ。

写真もないとは哀れな人だ……。一度会ってみたいと由美は思うのだ。

でも結果的には会わなかったというより、美由紀が会わせなかったのが正しい。

自分の住所と職場を知られて、過去のデリヘルの仕事を暴露されるのが恐かったのだ。

実際、廣一はこの旅行の後すぐに美由紀の住所を知ってしまう。旅行社が誤送したのだ。

その住所は品川総合病院の寮だったから、職場も知ったのだ。

でも廣一は知らない素振りを最後まで続ける。

知っていることを話すと、美由紀が自分から去るのでは？　との恐怖からだった。

由美と美由紀にとっては悪夢の年が終わり、新年になった。

今年の元日は二人とも休めたので明治神宮に初詣に出掛け、また明日から夜勤が始まる。

「何をお祈りしたの？」と美由紀が聞いた。

「そろそろ、大台だから結婚かな？」

「あの、山下さんと？」

「そうね、彼も真面目になったしね。それより家族の方がいいのよね」

「私も、今年は結婚を考える人と巡り会いたい」

「去年は、震災で大変だったからね」

「来週、また柏木さん来るのよ」

「早いわね」

「そう、会いたいらしいわ。伊豆に行くことになってるのよ」

「遊ぶだけなんて可哀想よ、もう五十歳じゃあ？」

「何故、由美が知ってるの？」一瞬、怪訝な顔をする美由紀。でも、すぐに気を取り直したかのように「もう潮時が近いかなあ、いい人と巡り会えますように！」
そう言って柏手を打つ美由紀だった。

言葉とは逆で廣一と美由紀は月に二回のペースで会っていた。

この年から、美由紀が廣一の地元の神戸まで飛行機で行くことも多くなっていた。行動範囲がますます広くなって、鳥取砂丘、宮島、萩、輪島、有馬温泉と行く所も多岐にわたっていた。

廣一の母眞悠子はいつ自宅に連れて来るのかと心待ちにしていたが、その気配は全くなかった。


夏が過ぎると由美の婚約で焦る美由紀は、また積極的に病院仲間を誘って合コンに行く。もうすぐ三十歳になる焦りが美由紀の心に大きくのし掛かっていた。

ボディビルの集まりの合コンに行った美由紀は、興奮して寮に帰ると由美に話した。

「凄いのよ、筋肉がピクピク動くのよ。分厚い胸板、あんな胸板で抱きしめられたら興奮するわ！」と上気させながら今夜見た人達の感想を言う。

「いい人いたの？」

「判らないわ、二、三人名刺くれたわ」と差し出す。

「色々な仕事ね、この人外科医、この人建築、この人は？」

三枚の名刺を見て由美が、ＭＭＳと名刺に書いてある柴田幸広を指す。

「ああ、それネットワークビジネスの会社じゃない？　私と同い年だったわ！」

「それって、ネズミ講に近いのでは？」

「ああ、顔がネズミに似ていたわ」

そういうことではなくて、と言いたかったがやめる由美。

「いい人、いなかったの？」

「判らない、筋肉に見とれてたからね」と笑う美由紀。初めて間近で見たマッチョだけが印象に残ったようだ。

その柴田は合コンで知り合った人達にサプリや家庭用品、化粧品を売るのが仕事なので、一度面識ができると、何かと理由を作って会おうと試みる。

柴田は名古屋の生まれで、工業高校時代にボディビルに魅せられて始めたという。仲間には遊んでいる人も多く、煙草、酒、女と誘われて遊んでいた。

勉強は全くできないので就職するのだが、工場勤めは合わないようで、人と話をする方が合っていた。

ボディビルの集まりの中に、このMMSを主に行っている人がいて、この仕事なら自分もできると始めたのだ。

だが、なかなか簡単には客は増えないのが実情だ。

そのため最近は合コンに度々参加して女性に声をかけ、徐々に販売に繋げる作戦を取っていたのだった。

美由紀は筋肉以外に興味がなく忘れていたが、同じ病院仲間の加山伸子に柴田はコンタクトをとっていた。

今回の合コンに加山伸子、小池佐奈、最上祥子の三人と一緒に参加していたのだ。


廣一は美由紀のパスポートで誕生日を知っていたから、誕生日にはお祝いのメールを送って、誕生日に一番近い会える日にプレゼントを渡した。

喜ぶ美由紀の顔を見て自分も幸せを感じる廣一だったが、既に貯金通帳には残高が残り少なくなっていた。

「台湾に行きたいね」とお強請りされて、グアムが楽しかった廣一は「来年一月に行こう」と返事をする。

一年が瞬く間に過ぎて、正月に加山伸子と柴田幸広、柴田の友人、二本義彦、富沢宗佑が初詣に行くことになった。誰か誘って欲しいと言われた加山は、仕事が空いているのは美由紀と最上祥子だったので、六人で川崎大師に行くことになった。

三人の中では美由紀が一番、化粧も上手で綺麗で、男三人は商売抜きで美由紀にモーションを掛ける。

三人ともMMSの仕事をしていたので、女性を煽てるテクニックはずば抜けていた。会社で研修があるから、自然と上手になるのだ。

彼等は集会とか会社主催のイベントに連れ込むのが最大の仕事。イベントに参加させれば九割の人は洗脳されてしまうので、MMSに参加して商品を買ってしまうのだ。

その後、元々このような仕事をしているからギャンブルも大好きな三人は、川崎競馬にも誘って六人で行くのだった。

偶然馬券を当てて喜ぶ美由紀をまた三人の男が煽て、夜遅くまで飲んで盛り上がった。

由美がその後、MMSのことを「まさかまさかの詐欺の略称じゃないの？」と美由紀に話したことがあったが、笑って「上手に言うわね」と唖然として聞いていた。

こうして、病院の中に入り込んだＭＭＳのメンバーが、次の作戦に移るきっかけとなるイベントが近づいていた。

一月末、美由紀と廣一は二度目の海外旅行で台湾に行った。

年末のボーナスを母に渡した残りをすべて使った豪華な旅行だった。

十話

台湾から帰ると病院では四月に駅伝大会が行われることになっていて、美由紀も参加することになってしまった。

参加者がいなかったのでくじ引きになり、加山と由美も決まったのだ。

だが走った経験が殆どない三人、そこに元々体育会系だったＭＭＳの三人が目を付け、「陸上得意だから、コーチしますよ」と積極的に出た。

朝夕のジョギング時間に交代で現れて親切を売る。

親しさも徐々に深まり、話も膨らんでいく。

「僕達の頼みも一度聞いて欲しいな」

「何？」

「来月会社の集会があるんだけど、社員一人が友達三人を連れて行かなければならない。何も買わなくていいから頼むよ！」

そう頼まれたら、参加しないわけにはいかないが、由美は丁度その日は夜勤になっていた。

加山と美由紀、由美の代わりに小池の三人が集会に参加することで話が纏まって、彼等の目標はこれで達成した。

集会には女性の幹部がたくさん来ていて、痒い所に手の届く応対をし、ＭＭＳの虜にされてしまうから所謂洗脳なのだ。


美由紀は廣一に「海外旅行は楽しいでしょう、次回はバンコクに行きたいわ」とねだる。

「誰と行くの？」

「何言ってるの？　廣一さんに決まってるわ。あなたと行ったら楽しいから最高よ」

その言葉に弱い廣一は「じゃあ、一度調べてみるよ」

台湾から帰った翌月会うと、またお強請りをする美由紀なのだ。

もう殆ど通帳には残っていない。一千五百万円の貯金が五百万円以下になっていた。

それでも廣一は美由紀と遊びに行きたかった。

始めはデリヘル嬢との遊びだったが、話も身体も合う。最近では美由紀を愛し始めている廣一だった。

二月になって毎日のようにジョギングをして、六人が交互にペアで練習していた。

不思議と柴田と美由紀がペアになることが多い。

手取り足取りの指導に、いつしか美由紀の心の中に柴田が住み着き始めていたのかも知れない。

三月には廣一とバンコク旅行の予定になっていた。

喜ぶ素振りとは裏腹に、もうこの辺りでケジメを付けて廣一とは別れよう――。

バンコクに行った後、機会があれば別れようと美由紀は決めていた。

廣一ともうすぐ五年が経過しようとしている。自分でも不思議な程長く続いたと思った。

三十歳の美由紀としては今年中に結婚を決めたい。

由美が春には結婚するから焦っていたのだ。

十話

二月の下旬、ついにMMSの集会に参加した三人は、帰ると由美に話す内容が変わっていた。

サプリと化粧品の見本を貰ってご満悦の三人。

病院に勤めていながら、サプリの方が効果あると言うのだから、洗脳技術は相当なものだと由美は感心させられた。

意外と専門家の方が騙しやすいのかも知れないと思った。

二月になって、廣一もようやく携帯をスマホに機種変更し、美由紀に使い方を教えて貰ってゲームやラインができるようになった。

でも、美由紀は自分のフェイスブックを廣一に教えなかった。

横の繋がりで友達も仕事場も廣一に知られてしまうことを危惧したからだった。

デリヘル勤務を引き摺る美由紀――。

三月にはバンコク、四月には駅伝、五月には由美の結婚式とスケジュールが満載の美由紀だ。

柴田との練習はいつしか食事や飲みに行く関係に発展し、徐々に心の中で存在が大きくなっていく。

当然見本品がなくなれば買うことを予想している三人の行動なのだ。

それはやがて病院の中に浸透し、多くの人が買ってくれる、それが柴田達の狙いだ。

柴田は美由紀の身体も狙って、整形美人だということも知らない。

もちろんデリヘル勤務のことも知らない柴田には真面目な看護師に見える。

看護師の金と身体を狙っていた。

バンコクから帰ると美由紀は廣一と区切りを付けようと考え、遠方への旅行を断る。それでも何か理由がなければ別れられないから、きっかけ待ちの状態なのだ。

駅伝大会は無事に終わり、順位は真ん中で任務を果たした三人。

徐々にサプリに化粧品と購入範囲が広くなる。

駅伝大会の打ち上げで柴田幸広は美由紀に「一度名古屋の町に行きませんか？　地元だから美味しい店も安い店も知っているから」と誘った。

美由紀は柴田が自分に好意を持っていると解釈して、廣一と別れる準備に入った。

その後もバンコク旅行や近郊の温泉旅行にお金を使った廣一は、ますます貯金がなくなっていた。

もう、遠方に行くのは無理だな、そう思っていると美由紀はまるでそれを知っていたかのように、ハワイに行きたいとか、ヨーロッパに行きたいとか強請り始める。廣一が断ることを前提のお強請りで、実は、何とか別れようと考えた策なのだ。

幸広は美由紀以外の二人を松本と富沢に任せて、自分は美由紀から新たな販路を探そうとしていた。

ネズミ講なので上位の位置にいたら、少しは収入はあるが、子とか孫ができないとランクが上がらない。本職とするには難しいので、アルバイトとの掛け持ち状態になる。

事実、三人は夜にはスナックのバーテンや、コンビニでバイトをしていたが、そのことは絶対に喋らない。

儲かる！　そして子供や孫を作れば大金持ちになれると思わせるのだ。

それがネズミ。必ず限界があるのにのめり込む。

友達もなくしてしまうのに、サプリや化粧品の原価を聞くと、思わず「効果は？」と聞きたくなる。人間は欲には勝てないのかも知れない。

誰でもリッチな生活がしてみたいのは世の常なのだ。

今では、法律の網を抜けるように会社も様々な工夫をしている。だからネズミとはいわないが同じことをしているのだ。

練習のコーチの時から世話になっているからと、最初の食事を美由紀がご馳走したせいか、飲みに行くのも食事も、いつしか美由紀が三対一の割合で出していた。最近では五回に一回、柴田が出す程度だ。

それでも由美の結婚のことから、美由紀の焦りは大きくなっていた。

今、目の前の結婚対象の男性は柴田。廣一と別れないのは、少しでもお金が欲しいからだった。気持ちは完全に柴田に傾いていたのだ。

些細なことで喧嘩になると怒るのは美由紀の方。廣一がSEXを迫ると毛嫌いする美由紀になっていた。

これまで何度となくSEXをしていたが、今は嫌とか、朝は嫌とかになる。

そして「男性って、SEXしか頭にないの！　嫌だと言ってるのに、もう帰るわ！」そう言って都内のホテルからさっさと帰ってしまう。

美由紀はまだ柴田との肉体関係はなかったが、気持ちが柴田に向いていたからそのような態度が出て来る。

ホテルから帰った美由紀は、寮の友達とヤケ酒を飲み、付き合わされた友人は「どうしたの、振られたの？」「違うわ、私が振ったのよ！」と叫く。

気持ちは柴田、身体が廣一とアンバランスな状態なのだ。

柴田は品物を売るため、美由紀の心を掴む秘訣を会社から伝授されていたから、なかなか肉体関係を持たない。

所詮柴田は自分では何もできない男で、女の機嫌を取って身体とお金を狙うハイエナのような生活をしていた。

十一話

何度も廣一からメールや電話、ラインが来るが、着信拒否や接続を切る徹底振りに、廣一も諦め顔になる。

心に穴が開いた廣一の毎日は、ただ呆然と過ぎて行く。

美由紀が去って、失意の底の毎日になった。

本当に別れたのだろうか？　もう会わないのだろうか？

疑心暗鬼の廣一に母の眞悠子が聞く。

「最近元気がないわね、彼女と喧嘩でもしたの？」

「まあ、そんな感じかな」そう答えるのが精一杯だった。

数ヶ月前にバンコクまで旅行に行ったのに、本当に不思議なのだ。


美由紀は念願の柴田との肉体関係になっていた。大阪のユニバーサル・スタジオ・ジャパンに美由紀から誘ったのだ。柴田はこれを待っていた。

女性が痺れを切らせて求めてくるのを――。

美由紀は夏の賞与で旅費のすべてを出した。

廣一が連れて行くホテルとは段違いに悪かったが、二人分の旅費と遊ぶお金は結構たくさん必要だった。

自分で出してみて初めて、廣一と行った各地が高かったと実感させられた。

でも分厚い胸板は想像以上、抱きしめられて興奮する美由紀だった。

SEXも相性としては最高とまではいかないが、我慢ができる相手だと思うのだった。

一番は年齢が近いこと、そしてたくさんの男性を見て来て、自分の目は確かだと自信があった。すぐに美由紀の身体を求めて来ないのも、美由紀には新鮮に思えた。

人を見る目なんて、その時々で変わる。

いい関係でも、ある日些細なことで嫌な部分が目に付くようになって、その逆もあるのが人間なのだ。

廣一に対しては最初から否定で始まっていた。

顔、姿、年齢、風俗で遊ぶ男、と自分が働いているのに、遊ぶ男を軽蔑している。

柴田が美由紀の店の客で来ていたら、好きにはなれないのだから人間とは不思議な動物だ。

　旅行から帰ると早速柴田の要求が始まって、美由紀が無理をしないで買える金額の物を買わせようとする。

三万円が限度なら三万円まで買わせて、少しずつ増やしていく。

「このサプリをもう一ヶ月続けて飲めば効果が現れます」「医者の出す薬は効果は高いが身体には良くない。でも、これは身体に優しいから」と勧める。

早い話、有効な成分が微量だから効果がないという意味だが、都合のいいように聞くから不思議だ。

こうして色々買って遊びにも行くから、お金が必要になる美由紀。

三十歳で風俗にも行けないから、節約して買いたい服も買わないで、すべてを柴田につぎ込む。

それでも困った美由紀は病院の夜勤の掛け持ちという仕事を始めた。

病院に見つかれば解雇になる危険なことなのだが、友人の紹介で始めたのだ。

柴田との結婚を夢見て、柴田の売り上げのためにサプリや化粧品を買い続ける。

二十代前半ならこの時点で気が付いただろうが、三十歳を超えて由美の結婚もあったので、周りが見えない。

柴田の甘い囁きだけを頼りにはまり込んだ世界だった。

三ヶ月で精神的にも肉体的にも限界に近づいていた。

夜勤が続き、遊ぶ気力もなくなる美由紀。頭に廣一のことが浮かんだ。

久々に温泉に行きたい、美味しい物を食べてゆっくりしたい、遊んでも幸広さんには見つからないわ、彼は闇の人だから、五年間見つからなかったから、お金もピンチだから――。

廣一ともう一度付き合おうかな？　と考える美由紀の性格はあまりに不可解だ。

由美も柴田と付き合うのはお勧めではないと思っていたが、巧美との幸せな姿を見せつけたのも悪いと反省していたのだ。


巧美の両親は二人に高級マンションを買ってくれ、金銭の援助も半端な金額ではなかった。

「巧美には内緒にしてね、お金があると使いたがるから、将来必要になったら使いなさい」巧美の両親はそういって大金をくれた。

元々大企業の重役だから、お金はたくさん持っているとは判っていても、これには驚く由美だった。

美由紀は反対にお金に困っていた。

普通の生活なら看護師の給料で十分なのだが、美由紀は違った。

忙しくて寝る時間が少ないから、少しの時間でも眠りにあてるのだ。

「身体を壊すわよ」と由美が忠告するが聞く耳を持たない。

美由紀は廣一との再会を目論むと、タイムラインに書き込んで廣一が見るのを待つ。それを何度も繰り返す。

もうすぐ五十一歳の廣一と三十一歳の美由紀。

由美がこの事実を知ったのはしばらくしてからだった。

その時はもう戻れない坂道を転がっていた二人だった。


由美は結婚してから夜勤の仕事を辞めた。

巧美とのすれ違いを避けるためで、寮から高級マンションに引っ越した由美を美由紀は一度も尋ねていなかった。


(お元気でしたか?)

(病院は暇な時間がないわ。東京に来たら、またお酒でも飲みに行きましょう)

(はい、連絡します)

廣一は美由紀が戻ってきてくれたことを喜んだ。

(今までのように旅行に行きませんか。近場に)

美由紀はこれを待っていた。

いきなりSEXしましょうは言えないから、お酒でもと控えめに言ったのだ。

上手に予想通りの展開になったことをほほ笑む美由紀。日時を決めて箱根に行くことにする。

幸広の売り上げを助けるために頑張らないと……。でも、温泉にも行きたい美由紀なのだ。

箱根の高級旅館で、美由紀が毎日飲んでいるサプリの容器を取り出す。

「それは?」と廣一。

「サプリよ、健康のために飲んでるのよ、あなたと別れる前より肌綺麗でしょう?」

殆ど変わらないと思ったが「うん」と答える廣一。

「看護師なのに、どうして?」

「この薬は身体に優しいのよ、だからいいのよ」

「そうなの?」

「これ、高いのよ!　一粒七十円もするのよ」

「わー、その容器一杯だから、凄い金額だね」

「そうよ」

お菓子のように飲む美由紀が、廣一の目には不思議な光景に映った。

美由紀にとっては久々の廣一とのＳＥＸだったが、燃えたので「やっぱり合うわ」と心で思うのだった。

廣一にお小遣いを貰って見送ると、早速幸広に電話で伝えた。

「化粧品で今月の売り上げ助けるわ」

「ありがとう」

「品川で会いましょう。友達と箱根に行って来たのよ、お土産あるからね」と話して、夕食を食べて遊びに行く。

お金を渡して喜ぶ幸広の顔に美由紀は満足していた。

これなら、楽できるし美味しい物も食べられし温泉にも行ける。

ただ、なんとしても幸広に見つからないようにしなければ――。

見つかったらすべてが駄目になると思う美由紀に「今度、名古屋の家に一緒に行こうか?」と幸広が言った。

「えー、本当?」有頂天になる美由紀。

これは、結婚を前提の挨拶に行くのだわ、嬉しい!

いよいよ結婚か！　の展開に気持ちが高ぶる。

翌日、由美に「柴田さんに、プロポーズされたのよ」

柴田を信じていなかった由美は驚きの表情になった。

「驚いたようね、あなたが結婚して私だけ結婚しない訳ないでしょう」そう言って笑う。

由美のマンションに一度も来ていない美由紀だ。

由美が巧美の両親から五千万円も貰ったと知ったら、気が狂うのでは？　そう思うとマンションに来なくて良かったと思うのだった。

十二話

その美由紀が翌日、突然言った。

「由美の家、一度も行ってないわね、今度の休みに行くわ！」

「は、はーい」

急に時間ができたのか余裕なのか。事実は、廣一とまたすぐに会うから、幸広のためのお金を心配する必要がなくなった安堵感からだった。

数日後、白金台のマンションの近くに来た美由紀が電話で言った。

「この辺りに、由美のマンションあるの？」

「今、どこよ」

「高級マンションがたくさんあるけど、どこ？」

「コンビニがあるでしょう、その横の道に入って。迎えに行くから」

「こんな場所に安いマンションあるの？　買い取りでしょう？」

「うん」

とは返事をしたが、ここに来ると気が狂うほど驚くかも？　巧美は仕事でいないからいいけれど、この後が恐い由美なのだ。

ケーキの箱を持って歩いてくる美由紀に「ここよ」と手招きをする。

マンションを見上げて「これ、なの？」と驚きの表情の美由紀。

入り口にはセキュリティが巡らされ、守衛の部屋もある。美由紀は呆れて声も出ない。

「本当に、ここに住んでるの？」

「そうよ、十五階」

美由紀は自分の寮にある電化製品で由美に勝ったと思ったこともあったのに、そんなちっぽけな優越感など比べものにならない。

エレベーターに乗っても殆ど喋らない美由紀。空気に圧倒されていたのだ。部屋に入ると素晴らしい調度品、大きなテレビに、大きな寝室、そしてベッド。もう美由紀には別世界だった。

「ここから病院に勤めてるの？」

「そうよ」

「馬鹿じゃないの？　いくらお金持ってるのよ、あの巧美さんが持ってたの？　宝くじでも当たった？」

「違うわよ、巧美さんの両親が買ってくださったのよ」

「何している人よ、こんなマンション息子に買うなんて」

「前にも話したわよ、お父様は商社の重役さんよ」

「由美は玉の輿なの？　あのチンピラ男が金持ちだったの？」

「そのようだわ」

由美がコーヒーを作っている間、美由紀は部屋中を見て回る。

「これって、億ションってやつね」

呆れたように言う。

その後、美由紀は意外とすんなりと帰った。

そしてその頃、美由紀は柴田の言葉を思い出していた。

「ＭＭＳのトップセールスマンは年間軽く億は稼ぐんだよ！」

幸広に頑張って貰えば夢ではないわ……。

由美に対するライバル心で、あり得ないことを夢見ていた。


幸広も美由紀の写真を友人達に見せるようになっていた。

始めは猫を被っていた美由紀だが、身体は多くの男性を知っていたから、幸広を喜ばせるコツは心得ていた。

何度かベッドを共にして、幸広も美由紀の身体が忘れられなくなっていった。

たとえ商売だったとしても美人の範疇に入る美由紀。相当整形はしていたのだが、それを知っていたのは由美だけかも知れない。

矯正歯科も春で終わって、綺麗な歯になって美由紀は完璧だと自負していた。

由美に大きく負けた気持ちは、幸広の出世で取り返そうと、知り合いや同僚に次々と勧誘を始める。

由美は美由紀に怖ささえ感じていた。

必要のない物まで買い込んで幸広を助ける。

そのためには廣一に会う回数を増やす必要があった。

「フェイスブックを教えて欲しい」廣一に会うとそう言われたが「私、そんなにやらないのよ」と上手に断る。

だが、廣一は美由紀のサイトを既に知っていた。でも見ることはできない。

「あなたとの関係が病院の人に判ると困るのよ」

「何故？」

「だって、愛人のような付き合いだから。デリヘルで知り合わなかったら、絶対にあり得ない付き合いよ」

「私は独身だし、あなたの話は誰にもしていないから、デリヘルのことはもう忘れたよ」

しばらく別れて、また戻った二人は噛み合わない時が多くなった。

三ヶ月の間に廣一は色々調べていた。友達の由美のことも時々美由紀が話したので調べていた。

「今度会うと、次は誕生日が来るね」

「早いなあ、三十一歳、嫌だー」

「プレゼント何が欲しい？」

しばらく考えて「フライパンが欲しい」

「えー、フライパン？」

「いいフライパンは長持ちするし、料理も上手にできるのよ」

言いながら美由紀は幸広との新婚生活を夢見ていた。

廣一には「何故、フライパン？」との疑問だけが残ったが、地元のデパートにフライパンを見に行ってみた。

来月伊豆に行く予定の廣一は、フライパンを買って持って行こうかと悩んでいた。

でも、荷物になるし、誕生日が終わって会う時に一緒に都内のデパートに行けば、好きなのを買えるだろう。

二人でショッピングも楽しそうだと、自分で勝手に夢を描いていた。

廣一は哀れだった……。


幸広と美由紀はその後も近くのラブホに行ったり、飲みに行ったりし、代金は殆ど美由紀が支払っていた。

廣一に貰ったお金がすべて二人のレジャー費に消えて、サプリや化粧品などの購入代金は美由紀の給与と蓄えから出ていた。服もブーツも節約して買わない生活が続き、病院の掛け持ち勤務で身体はボロボロ、疲れはピークに達していた。

だが、幸広は自分のマンションには一度も美由紀を呼んでいなかった。

友人三人でワンルームに住んでいたから、とても呼べる状態ではなかったのだ。

MMSの収入では生活ができないし、もちろん貯蓄はゼロ。

それでも、美由紀には見栄を張っていたのだ。

都会では車は不便だから持たない、実家では弟が自分の車に乗っている。

親父は小さな会社を経営していると言ったが、実際は小さなクリーニング店だ。

大手の安いチェーン店に顧客を取られて、青息吐息の状態で弟幸司が水道工事の会社に勤めて家計を支えているのが現実だ。

幸広はヤクザな仕事をしているから、幸司だけが頼りだと両親には言われていた。


その幸広が、結婚するかも知れないと電話をしてきたのは、十一月の始めだった。

お金が欲しいからだが、何度も騙されていた両親は簡単には応じない。

「娘さんを連れて来たら考えるよ、それより、まだあの詐欺のような仕事をしているの?」

「立派な会社だよ、外国の資本だけど大きいんだよ、お母さんが知らないだけだよ」

「お前が知り合いを騙すから、肩身が狭いわ。友達もいなくなったでしょう?」

「保険会社も同じだよ、最初は知り合いに頼むんだよ」

「馬鹿な、お前の仕事はネズミだろう。怒ってるよ、みんな！」

「判ったよ、近いうちに連れて行くよ。びっくりするよ、綺麗な女性だからね」

「どこの飲み屋の子を連れて来るんだい」

「違うよ、看護師さんだよ、それも大きな病院のね」

「珍しいね、期待しないで待ってるよ。お前に騙される女だから、馬鹿だろうけどね」

母親の富子は幸広に厳しい。これまで散々騙されたから、もうコリゴリの気持ちの表れなのだ。


廣一は自分の部屋で携帯の操作をして、フェイスブックを見ていた。

美由紀のサイトはこれだけど、入れないんだよね――、そう思った時、偶然サイトに侵入できた。そこには彼女の友達の名前がたくさん並んでいた。

「わー、凄い」と独り言を言いながら、コピーをして、順番に友達のサイトを調べていった。

その中に、見てはいけないサイトがあった。柴田幸広のサイトだった。

美由紀と仲良く写る写真、美由紀だけの写真、数ヶ所の旅行先の写真、ラブホの写真……。五十枚位が並んでいた。

今年の春から最近までの日時が掲載されている。

廣一は唖然とした。中には廣一が美由紀に贈ったネックレスの写真も数枚あった。

柴田はそんな写真まで細かくサイトに掲載していた。

仕事がＭＭＳと記載してあるから、どのような会社だとネットで調べる。

「これって、ネットワークビジネス？」独り言をつぶやく廣一だった。

十三話

フライパンの意味が判った廣一だが、この写真の数々は相当なショックだった。

あのサプリもこの柴田から買ったのだ。

いろいろなことが紐解かれていき、頭がくらくらと混乱する。

もう絶望的なのか？　自分に比べて若い、マッチョで肉体も素晴らしい。

この柴田と付き合いながら、私に抱かれる美由紀は……？

「あっ」

その時、気がついた。お金を巻き上げられているのだ。

最近は服装も少し悪い。夜勤のバイトをして「デリヘルより収入がいいのよ」と話していたが、結婚のためにお金を節約しているようには見えない。節約しているなら品物を買う意味が判らないし、そんな必要はない。

それじゃあ、騙されているだけのなか？　そういう自分も蓄えがなくなって、もう通帳には二百万円しか残っていない。

もし自分のような年寄りで禿げて不細工な男を好きになってくれたら、美由紀と結婚してもいいと最近では考えていた。

そこにこの写真の衝撃は半端ではなかった。

それでも廣一はまだ自分のことより、美由紀が騙されて、身体を酷使して稼いだお金をつぎ込んでいることの方を心配していた。

もう一千五百万円以上を使っていたのに、まだ美由紀の心配をしていたのだ。

三ヶ月の空白時間が、美由紀に対する愛情を芽生えさせてしまっていた。

遊びから好きになり、今では愛していた。

自分は捨てられてもいいから、彼女だけは不幸になって欲しくない――。

廣一は毎日携帯で友達を調べた。

柴田以外は誰も美由紀のことを掲載していなかった。

この柴田はとんでもないワルだと廣一は思う。美由紀とのラブホの写真を掲載したら、今後彼女と別れたとしても、この写真は不特定多数に見られることになる。

この男が何を考えているのか不思議だった。

廣一も隠し撮りで美由紀のヌードを持っていたが、もちろん誰にも見せない。

柴田は美由紀を食い物にしていると廣一は確信した。

伊豆の修善寺に行く時に色々聞いて、もし聞く耳を持っていたら忠告しなければと思うのだった。


その後も加山、小池、最上に販売をするが、なかなか他の人には広がらない。

松本も富沢も彼女達を自分の彼女にする程興味はなかったのだ。

美由紀の知り合いもなかなか買ってはくれないし、集会にも参加しない。

一番の友達の由美は毛嫌いしている。

「私は、美由紀には柴田さんは合ってないと思うわ」

「どうしてよ！　由美も最初は山下さんのこと、嫌いだったじゃない」

「それは家族の人が良かったのよ、美由紀は会ったの？　家族の方と」

「会ってないわ」

「じゃあ、自宅に行った？」

「彼、友達と同居してるから、来ない方がいいと言うのよ」

「そうかな？　何か他に理由があるんじゃあ？」

「何もないわよ、由美は自分が結婚したから、私の彼に難癖を付けてるの？」

「何故よ、私は美由紀のことを心配してるのよ」

「放って置いて、由美には関係ないわ」

その口論から、二人は話をしなくなってしまった。


廣一は美由紀と会う前日、柴田のサイトに表示されていた自宅を探しに向かった。

どのような住まいなのか、見れば大体その人が判明し、生活水準も判るからだ。

自分の住所や健康診断書までサイトに掲載しているのは、たぶん騙すために必要だからだろうと廣一は考えていた。

住所を探して見つけたその建物は、周りを見渡してもこれ程見窄らしい建物はないという程汚らしい、ワンルームのアパートだった。

柴田の部屋から二人の男が出て来た。

この部屋に三人も住んでいるのか？

表札代わりに名刺が押しピンで留めてあり、その中の一枚に柴田幸広と書いてあるが、もう薄汚れて、色が変わっていた。

廣一は、フライパンの世界の話ではないな、とても付き合う相手ではない、ましてや、結婚にふさわしい相手とは思えなかった。


何も知らない素振りで新幹線のホームで待つ廣一、時間ギリギリに走り込んで来る美由紀。何となく窶れた感じに見えた。

〝こだま〟で熱海まで行って〝踊り子〟で伊豆稲取まで。

車内で廣一は美由紀に、予め用意していた週刊誌にあったマッチョの写真を見せた。

「こんな男性は魅力感じる？」

「大好きよ、この筋肉痺れるわ」週刊誌をのぞき込んで言う美由紀。

「これも、ライオンの鬣とよく似ていると思うよ」

「何よ、それ？」

「強く見せる見栄とか威圧感を出すためにね。心の弱い人が多いのでは？」

「そうなの？」

「入れ墨も同じようなものだよ、自分を大きく見せたい象徴かも知れない」

「私はね、たくさんの男性を見て来たから、よく判るのよ。あなたの意見は違うと思うわ」

いつの間にか美由紀はマッチョを柴田に置き換えて話をしていた。

「誰か結婚したい人でもできたの？」

「そりゃ、もう三十一歳になるからね」

「でも両親に反対されたら？　例えば相手の人がお金も仕事もなかったら？」

「そんな人は相手にしないわよ」

「もし、好きになったら？」

「そうなったら、できちゃった婚でもするかも知れないわ」

「私のような、年寄りは？」

「柏木さんとは特別な関係よ、秘密のね」

「それって？」

「闇の人よ」

「じゃあ、いつまでこの関係を続けるの？」

「あなたが私に会いたくなくなるか、私が結婚した時ね」

「じゃあ、何年先か判らないね」

微笑んで「そんなことないかも知れないわ」

廣一はすべてを知っていたが言えなかった。今言うと旅が終わりそうだったから。

そして、いつものように二人はＳＥＸで燃えた。

彼氏がいるのに、この美由紀って何を考えているのだろう？　と不思議に思った。

廣一は帰りの電車で別れる時間を計りながら「こんな、画像見つけたんだけど」と柴田とのツーショット写真を見せた。

「……」

それを見た美由紀が凍り付く。

「何で、あなたが持ってるの？」

「偶然、見つけたんだよ」

その後、美由紀は喋らなくなった。

電車が熱海に到着すると、さよならも言わずに急いで新幹線のホームに走って行く。

上りの新幹線の時間がなかったのもあったが、頭の中が混乱していたのだ。

廣一はこの結末は予想しておらず、何度もメールで呼びかけたが返事はなかった。

翌日夕方、（もうお別れしましょう、さようなら）それだけの返信の後、メールもラインも電話も切断してしまって、連絡のできない状態になった。

廣一は、何か言い訳をするとか話をするとか思っていたが、その後の美由紀の態度は違った。

それほどショックが大きかったのだろう、翌日には柴田のサイトのすべての美由紀の写真が削除されて閲覧できなくなっていた。

明らかに柴田に話が伝わっていると思った。

数日後、美由紀は友人達に、（ストーカーにつけ回されて困っています。私のことを聞いてくる人がいますが相手にしないでください）とメールと電話で伝えていた。

もちろん柴田にも、病院の患者さんで退院したのだけれど執拗に誘うのよ、あなたのサイトも見ているのよ。すべて消して、話しかけられても相手にしないで、と伝えていた。

由美には本当のことを話さないとすべてが由美から露見すると考え、最近は話をしていなかったが声をかけた。

「少し時間いいかな、話があるの」

「何？　柴田さんと別れた？」

「違うわよ、柏木さんが柴田さんのこと知ってしまったの。だから絶交したの。フェイスブックの友達検索で知ったから、由美にも問い合わせがあるかも知れない、だから無視して欲しいの」

「逆じゃないの？　柴田と別れて柏木さんとなら判るけれど」

「何言ってるの。禿の年寄りでデリヘル通いの爺と何故私が一緒になるのよ」

大きな声で怒る。

「目を覚ました方がいいよ、柴田は駄目だと思うわ」

由美がそう言うと、いきなり由美の頬を叩いた。

「馬鹿にしないで！　あなたはお金持ちの家に嫁に行って、何故、私が私が……」

そう言うと泣きながら病院の廊下を走って行った。

十四話

呆然と頬を押さえる由美。もう墜ちる所まで墜ちるしかないのかもと思ったが、今思えばあの時でもまだ間に合ったのだ——。

由美は大きくため息をついた。

廣一との破局の影響で柴田と美由紀は以前以上に親密になっていた。

何か運命共同体のような気持ちが二人をより強く結びつけたのだ。

廣一からの収入がなくなった美由紀は以前よりも厳しい状態になり、服も食べ物も質素になった。

由美はこの時の美由紀を見て、もう狂っているとしか思えなかった。

一日二度の食事にサプリの生活、殆ど外食はなくなっていた。

頭の中は柴田との結婚だけを考えていたのかもしれない。その柴田と会う時間も少なくなっていた。

バイト疲れ、そしてお金が原因だった。

正月、久々に美由紀は実家に帰った。

由美の実家も漸く震災の傷も癒えていた。山下の家から援助があったのも大きな支えになっていた。

美由紀の実家は由美の家から一キロ程離れた所で、両親が小さな雑貨店を営んでいた。

弟が役所に就職していたので生活は安定していたのだ。

震災の後遺症も少なく、最近では以前の客数に戻って雑貨店も赤字からトントンに採算が上向いていた。

父、須藤啓治六十三歳、母有紀子五十五歳、弟啓一二十五歳が、美由紀の家族だ。

「結婚したい人ができたの、それで報告と許して貰おうと思って」

「それはめでたい話だ、正月からいい話だ」父の啓治が嬉しそうに言う。

「どんな人？　病院の人？」

四人は炬燵に入り、おせち料理を食べながら美由紀の話に耳を傾ける。

「病院の人じゃないわ」

「薬関係の出入りの人だね」

「薬も扱ってるけど、色々よ」

「歳は？　学歴は？」

「住まいは？」

「出身は？」

三人が次々と質問をするので美由紀が「歳は同い歳、高卒、出身は名古屋、仕事はMMSよ」

「何、そのMMSって？」母の有紀子が尋ねた。

「今、流行の新興産業よ」と美由紀が言うと「嘘だよ、詐欺の会社だ」と啓一が言って、部屋の空気が変わった。

「何が詐欺の会社よ、立派な外資の会社よ」

「嘘だよ、役所にも問い合わせとか苦情がたくさん来てるよ」

「そうなのかい、そりゃ駄目だよ、美由紀そんな人と結婚なんて駄目だよ」

「こら、啓一！　嘘を言ったら駄目よ、お母さん達本気にするから」

そこに啓治が「役所に苦情が来るような会社の人は駄目だな、諦めなさい」

「駄目よ、そんな人じゃないわ、いい人よ」美由紀が言う。

「もう姉貴、お金なくなってるんだろう？」

鋭い、弟啓一の言う通りだった。

「結婚したいのよ！」

炬燵から出て、帰る準備を始める美由紀。

家族に反対されて、立場がなかったのだ。

「待ちなさいよ、昨日帰ったのにもう帰るの？」

母の有紀子が美由紀を止めるが、啓治も啓一も止めない。

「好きにさせなさい、詐欺師の妻になるような娘はいらない」啓治が怒る。

「姉貴、目を覚ませよ、相手の家族に会ったのか？」

啓一が美由紀の心を抉るような言葉を放つ。

確かに柴田の家族にも会っていない、二人で結婚の約束もしていない。

ただ、美由紀が決めていただけなのだ――。

一方、廣一は寂しい正月を迎えていた。

「今年には美由紀さんと正月を迎えられると思ったのにね」母眞悠子が寂しそうに言う。「もう、別れたから、会わないよ」

「えー、嘘だろう？　随分彼女に色々してあげただろう」

「仕方ないよ、年寄りだし、この顔では無理だよ」

元気のない廣一に母が言う。

「お前が蓄えをすべて使って美由紀さんに尽くしていたこと、母さん知ってたんだよ。でもやがて結ばれると思ってたから黙ってたんだよ」

「えー、知ってたの？」驚く廣一。

「お前が三十年近く掛かって貯めたお金だ。何に使おうと私の言えることではないけどね、それは余りに酷いんじゃあないの？」

「でも、この六年近くの間楽しかったから。でもね、今付き合っている美由紀の彼、詐欺師みたいな仕事なんだよ、だから心配で」

「お前は本当に馬鹿だね、捨てられたのにまだ女の心配をするのかい。呆れるよ！」

「でも、心配なんだよ」

母眞悠子は息子の態度に呆れる。

廣一は来週東京に行ったら病院に行ってみようと考える。どうしても柴田が気になっていた。

会ったら、何を言うのだ？　それは判らないが、忠告の一言を言わないと納得できなかった。

廣一は二週目に病院に行き、入院病棟に向かった。

美由紀の姿を見つけると、自分の職場を知らないと思っていた美由紀が凍り付いた。

「どうしてここが判ったのよ」

急いで近づいて来て怒る。

「前から知ってましたよ」

「今、話できないから、夜会いましょう！」

美由紀は廣一を追い返すことしか考えておらず、頭がパニックになっていた。

十一月に別れて二ヶ月振りに会ったのだが、闇の人間が表に出て来たことは恐怖以外の何ものでもなかったのだ。

一度切断したメールを廣一に送って（今夜、九時にあなたのホテルのロビーに行くわ、いつものホテルでしょう?）

（はい、待っています）

美由紀は、今更何をしに来たのよと思う。もうこの病院では働けない。いつまた廣一が来るか判らないので、今夜は適当に話して時間稼ぎをして病院を変わろう、それが美由紀の結論だった。

夜になって美由紀は自転車でホテルに向かう。近いからタクシー代の節約なのだ。

「職場に来るなんて、最低ですね」

「メールも電話もできないから仕方がないでしょう?」

「もう、あなたとは終わったのよ、今更何を言われても戻れないわ」

「私は、戻って貰おうと来た訳ではありません」

「じゃあ、何よ」

「美由紀さんが今付き合っている人が、大丈夫かなと心配になったので忠告に来ました」

「余計なお世話よ、あなたには関係ないわ。私の彼氏に何故みんなケチをつけるの?」

「他にもいましたか?」

「そうよ、両親も、弟も、友達も、みんなよ。もー嫌よ! 私のこと放って置いてよ!」と怒り出した。

「私もみなさんと同じで、あなたのことを愛しているのですよ。だから美由紀さんに不幸になって貰いたくないから」

「あなた、自分の姿見たことあるの？　禿げてて、不細工な体型で、年寄りで。そんなあなたが私のような若くて綺麗な女の子と遊ぶにはお金しかないのよ」

「それは、知ってますよ。でも私は美由紀さんを愛してしまったんですよ」

「私にはあなたはお金よ、それしかないわ」

「それでも、心配で……」

「じゃあ、今一千万頂戴、そうすれば今からでも部屋に行くわ」

「……」

「無理でしょう？」

「もうお金はありません、すべて使ってしまいました」

「それならおとなしく帰ることよ、もう終わったのよ！　愛情はお金では買えないのよ！」

「はい」元気なく頷く。

「柴田さんとは愛情で結ばれているのよ。彼には色々してあげたいと思うのよ、私のすべてを捧げられるの、それが愛なのよ！」

「……」

「あなたとは、たまたまデリヘルで知り合っただけなの、それが長かっただけなのよ」

「美由紀さん程の美人で手に職もあるから、何も柴田さんのような男を……」

「あなたに柴田さんの何が判ると言うの？」ますます怒る美由紀。

「本当に愛情で結ばれているのでしょうか？　私と美由紀さんの関係に近くないですか？」

「もういい、聞きたくないわ。一度も女性に愛されたことないんでしょう？　だから判らないのよ。とにかく一千万持って来たら考えるわ！」

そう言って、引きつった面持ちで笑う美由紀。

「無理のようですね、柴田さんと別れるのは」

「何度言わせるの、私達は愛し合っているのよ」

そこまで言うとさっさと帰ろうとする。

そして振り向きざま、捨て台詞を残す。

「お金あれば、会うわよ」

十五話

そう言われても、何とか助けたい廣一だったが、どこにもお金はなかった。

翌日由美が「昨日病院に来ていた人、美由紀が話していた柏木さんに似ていたわよね」と尋ねた。

「違うわ、宮城の親戚の叔父さんが尋ねて来たのよ」と誤魔化す。

そして、その日から仕事先を探し始める美由紀。

だがなかなかいい条件の職場がない。掛け持ちができないと働けないからだ。

それと寮の完備も問題だ。

柴田と会うのはいつもラブホだったから「一度、家に行きたいな」と尋ねてみた。

「無理だよ、友達と一緒だからね」

「あなたが住んでいる部屋を一度見たいわ、たくさん仕事の資料も置いてあるんでしょう?」

柴田の部屋には漫画しかない、友人二人も漫画を見て寝るだけ、バイトとＭＭＳの仕事で殆ど寝るだけの場所——。汚い部屋に美由紀が来たらもう終わりだ。

「どこかにマンション借りないか?」柴田は矛先を変えた。

「えー、私達の住むマンション?」

「そうだよ、いつもラブホは高いからね」

「そうよね、二人のマンションか」

そう言われて夢が広がる美由紀に続けて言い放った。

「名古屋に行こう、一度両親に会って欲しい」

十五話

「ほんと？」

喜ぶ美由紀だが、柴田は実家からお金を貰おうと考えていたのだ。

せめてマンションの頭金は用意し、美由紀と結婚して看護師の給料で生活をして、片手間にMMSの仕事をするのが理想だと考え始めていた。

頑張っても所詮小遣い銭にしかならないので、収入が不安定なのだ。

美由紀は完全に舞い上がった。

実家に行けば家族構成も判るし、彼のことがもっとはっきり判る。

みんなが言うのが出鱈目だと思い知るわ。そう喜んで幸広の胸に抱かれる美由紀。嫌いなフェラも進んでするのだ。

愛する人には尽くすのよ私は！　そう言い聞かせていた。


翌日、柴田は実家に美由紀を連れて帰ると電話した。

その時「実家は小さな会社を経営している」と美由紀に言ったことを忘れていた。

月末、二人は名古屋の実家に行くことになった。

「今度は美由紀の実家にも行かないと」

「うん」と元気のない返事。先日の家族の態度を思い出していたのだ。

連れて帰ったら何を言われるか、恐ろしいのだ。

廣一は考え込んでいた。

お金があれば彼女はあの男と別れるのだろうか？　自分とは遊ぶだけなのか？

でも肝心のお金はどこにもない。家でも売れば一千万円にはなるが住む場所がなくなる。

五十歳を過ぎた哀れな恋する男性の姿がそこにはあった。

廣一が人生で六年も付き合った女性は初めてだった。

昔は二度程見合いをしたが断られていた。

その当時から髪が薄く不細工な風貌だったが、二度断られたのがショックで、それからは見合いをしなくなった。その後は風俗で発散して、仕事以外趣味も少ない。

もう父親が亡くなって随分時間が過ぎてしまった。

一方、母の眞悠子も廣一の結婚は諦めてしまった。

唯一の望みの美由紀に逃げられても、まだ諦めない息子に呆れるばかりだ。

自分が死んだら廣一はどうするのだろう？

今の会社の退職金は微々たる額だろう。年金も僅かだ。

孝治さんも若死にして何も残していない。

この家のローンが終わっただけでも良かったのだ。

死亡保険で完済になるローンだった。


月末になって美由紀は幸広と名古屋の実家に向かっていた。

新幹線の車内で「幸広さんの実家って小さな会社をされているのよね、どんな会社？」

「えー、会社じゃないよ、クリーニング屋だよ」すっかり忘れていた柴田は笑って誤魔化した。

「クリーニング屋さんも会社かもしれないわね」と笑う。内心、なーんだ、と残念な気持ちだった。

そのクリーニング店は本当に小さな店だった。

「こんにちは、初めまして、須藤美由紀と申します」と丁寧に挨拶をする美由紀に、

「幸広の母の富子です、はじめまして」

「父の宏一です、遠路大変でしたね」そう言って笑顔になった。

「弟の幸司がもうすぐ戻りますので、お寿司でも食べてください」とテーブルに寿司桶を置いた。

「綺麗な方ですね」

「ありがとうございます」

「幸広には勿体ないわ」

「そうだな。看護師さんだそうですね」

「はい、品川総合病院に勤めています」

「そこ、有名よね！　時々テレビに出ているから」

「はい有名な先生と有名人が入院しますからね」

にこやかに笑う美由紀を中心に、みんなで寿司を食べ始めた。

弟の幸司が帰って来て「いらっしゃい、弟の幸司です、よろしく」と会釈をした。

「幸司、美由紀さん綺麗な方だろう？」

「本当に美人さんですね、兄貴に騙されましたか？」といきなり言う。

「こら！　何を言うんだ幸司。冗談が多いぞ」と怒る幸広。

和やかに時間は過ぎてゆくが、美由紀はここには泊まれないから帰ることにした。

小さな家で、店の奥に両親、二階に幸司の部屋で一杯だろうと思ったからだ。これからラブホで幸広と一緒に、とも考えたが、お金を無駄に使いたくなかった。

「私、明日仕事なので、これで帰ります」と美由紀は幸広を残して家を出た。

「幸広さんご両親と話があるでしょう、私先に帰るわ」

美由紀はバッグの中に着替えも用意していたが、今の家では泊まれないと感じて出て来たのだ。

帰りの新幹線で呟く。彼の家金持ちではなかったのね。まあ、いいわ、これからＭＭＳで稼げばいいんだし。でもいい感じの家族だったなあ――。印象を良くして車窓を眺めた。


柴田の家では盛んに会話が交わされる。

「幸広にはぴったりの女性ね」

「そうだよ、兄貴には合ってるよ、品川総合病院の看護師なら収入もあるからな」

幸司が言うと「本当だ、怠け者のお前には似合いだよ」と父も言った。

開き直って「そうだろう、俺もそれで決めたんだよ」と笑う。


夜、父の宏一に富子が話しかける。

「幸広にも嫁さんが来るとは思いませんでしたよ」

「今でも信じられないよ、あの事件がなければあんなふうにはなっていなかったんだがなあ」

「そうですね、気の弱い、優しい子供だったのにね」

「まさかこんな形で大人になるとは想像できなかったな」

二人は遠い昔に思いを巡らせていた。

中学一年生の時、細くて気の弱い少年幸広は、いつもいじめられっ子だった。

ある日体育の授業中、担任が急用で席を外した時、クラスの悪餓鬼が幸広を体育館のマットに巻き付けて虐めようとした。

担任が戻った時、幸広はマットに巻かれて消えていた。

次の授業でマットを使うために広げたら、意識不明の幸広がいたのだ。

救急車で病院に運ばれ、危機一髪で助かったのだが、それは殺人未遂事件になった。

体育教師はその事件が原因で退職、犯行を行った生徒は少年院送りになった。

その事件後幸広は変わり、ボディビルの集まりに参加して強くなりたいと変身した。

だが仲間の中には悪いヤツもたくさんいて、煙草、酒、女、博打と遊びのすべてを覚えてしまい、その後誘われるままにＭＭＳの仕事をするようになった。

集会に参加すると洗脳されて、いつの間にかＭＭＳに浸かった生活になっていた。

始めは知り合いや友達を勧誘するが、みな最初は協力しても次第に離れて行く。

勧誘する方も始めの半年程は真面目に行うが、難しいために諦めてしまう。

サプリもそれと全く同じで、続けるのは難しい。これが続くなら全員億万長者なのだ。

会社の上層部は、入会する人が十、退会する人が九なら大成功という。

実際、中にいる人間にはそれが判らない。外から見ればこれ程簡単な方程式はないのがこの商売。人は欲に弱い、それを利用しているだけだ。

性欲、物欲、食欲……。

人間の飽くなき欲を利用し、その上、ギャンブルの要素もあるから儲かる。

「あの女性で幸広が立ち直ればいいのだがな」

宏一の言葉が苦悩を感じさせた。

十六話

新幹線の中で美由紀は、「家族はいい人だったわ。家は金持ちではないけれど、いい人達だったから安心よ」と由美に報告する。

由美が抱き続けている不安を消さないと駄目だと思っていた。

廣一はお金もない、でも美由紀が気になる。

来月東京に行った時、一度柴田幸広に会ってみよう、本当に美由紀を幸せにしてくれる男なのか、この目で確かめてみよう——。そう決心する。

自分で納得できれば本当に喜んで祝福しようと結論づけた。

もう美由紀の気持ちが戻らないことは先日のホテルで判った。

でも恋しい廣一なのだ。

母眞悠子はそんな廣一を哀れな息子だと思う以外何もする術がなかった。


そんなことを考えていた昼下がり、柏木家に変な電話がかかって来た。

「つかぬことをお聞きしますが?」

「はい、何でしょう」

「柏木孝治さんの、ご自宅でしょうか」

「はい、そうですが」

「ご主人は九州の方でしょうか」

「そうですが、何か?」

「ご主人はお仕事ですよね、どちらにお勤めでしょうか」

「失礼ですけれど、どちら様でしょうか」

「佐伯と申します。ご主人の会社の電話番号を教えて貰えませんか」

「お友達の方でしょうか」

「もう、仕事はしていませんわ」

「あっ、そうでしたね、年金暮らしですか。子供さんは何人いらっしゃいますか」

「一人ですが。本当にお友達の方ですか」

「今、ご主人いらっしゃいますか」

「はい、おりますが」

「変わって、頂けませんか」

「電話には出られませんよ」

「何か手が離せないことでも？　とても大事なことなのですが」

「無理ですわ、位牌ですから」

「えーーー、ようやく捜したのに！」

急に残念そうな声になった。

「何か、ご用？」

「いいです、また」

電話が切れた。

何なの、今の電話。主人の友達？　声が若いから違うわね……。

眞悠子は理解不能の電話に驚く。

孝治の借金？　隠し子？　それにしてはもう亡くなってから年数が経過し過ぎている。

どちらも違う。何？　気持ち悪い……。

廣一が帰るとその電話の話をした。

「親父の実家でトラブルかも知れないね」

「そうなのね。弟が一人いたから、保証人でも頼もうとしたのかな」

「親父の実家って何をしていたの？」

「農業だと思うわよ。子供の時、稲刈り、田植えが大変だったとお父さん話していたからね」

「農家か。気楽でいいかも、親父は弟と二人？」

「そうだと思うわ、私一度も行ったことないのよ」

「どうして？」

「お父様に反対されていたから、結局勘当だったのよ」

「お母さんの実家も行ったことないね」

「もうないから。私叔父さんの家で育ったのよ、お母さんが私を連れて実家に帰ったからね。でもお母さん私が高校の時に亡くなって、祖父母と叔父さんに育てて貰ったの。でも祖父母が亡くなって私も働ける歳になっていたから、家を出たのよ。それでお父さんと知り合ったの」

「なるほど。それで親父の両親が反対したのか」

「格式が高い家だったのかも知れないわね、昔の農家だから。お父さん実家のことは何も言わなかったからね」

「弟さんの保証人かな？　両親は今、生きていたら九十歳を超えているからね」

「そうね、葬式とかなら、いきなり言うわね」

二人は電話の主が弟の知り合いだろうと結論づけていた。


柴田幸広の両親は、結婚が決まったら三百万円のお祝いを出すと約束し、今後ＭＭＳを辞めるまでは名古屋に来ないことを条件にした。家族はそれ程困っていたのだ。


翌月、廣一は勇気を持って東京の柴田のアパートを訪れた。

チャイムもない、男臭そうなにおいが扉の外まで漂う。

「トントン」中から、寒そうな感じで男が出て来て「あんた、誰？」とぶっきらぼうに言った。

「村田と言いますが、柴田さんいらっしゃいますか？」

「柴田？　おっさん、借金取りか？」

「違いますが、用事がありまして」

「借金取りじゃないなら、教えてもいいか」

「違いますから」

「幸広は今の時間は移動中だ。七時になったら、五反田駅近くのキャバクラの呼び込みしているよ。『ドリーム』だったかな」

「ありがとうございます」

廣一は息をするのも大変な程の臭いに耐えて扉を閉めると、アパートから離れて大きく深呼吸をした。

耐えられない臭いだ。そう思いながら、五反田方面に向かった。

そうだ、もう一度病院に行ってみよう、何か変化があるかも知れない。微かな期待で廣一は病院に向かった。

しかし、美由紀の姿が見えないのでウロウロしていると「どなたかお探しでしょうか?」と看護師の小池が尋ねた。

「今日は、須藤さんは?」

「夜勤明けでお休みです、何か伝言でも?」

「いいえ、また来ます」

「明日も休みですよ」

「ありがとうございます」

廣一はエレベーターの方に向かった。入れ違いに入ってきた由美が小池に聞く。

「どなた？」

「美由紀さんのお父さんかな」

「どんな感じの人？」

「六十歳位かな。禿げて、ピカピカだった」

「あっ」

由美は廣一だと閃いた。

慌てて追い掛けるが、寸前でタクシーに乗り込んでしまった。


あの時話せていたら最後のチャンスだったのに――。由美は思い出していた。

美由紀の不幸を防げる、最後の機会だったのだ。

十六話

夜になって五反田のキャバクラ「ドリーム」に行くと、今から開店なのか、忙しく女性が入店している。
柴田の姿が見えないので「すみません、こちらに柴田さんって男性働いていませんか」

「借金取り?」

「違いますが」

「今夜は女と会うから遅いと連絡があったから、九時以降かもっと遅いか、判らん」

「連絡先判りますか、彼の父親の用事で来ましたので」

「そうなの? 待って、携帯に入ってるから」そう言いながら番号を教えてくれた。

「少し飲んで行かない?」

廣一は、無駄なお金は使いたくなかったが、柴田の噂を聞けると思った。

「そうですね、少し飲んでいきますかね」

「話が判るお兄さんだ、流石だね」と言いながら案内してくれる。

「指名とか、好きなタイプの女いますか」

「柴田君のことを知っている人がいいな」

「おおー、それなら、ゆかさんだ」

座るとすぐに、ゆかがやって来た。細身の長身の女性だ。

「おじさん、柴田さんの知り合い?」

「まあね、地元のね」

「じゃあ、名古屋の方ね」

「そうだよ」

早速彼の出身が名古屋だと知った。

「ここでの仕事とか、彼女はどう?」

「おじさん探偵?」

「お父さんの友達だよ。東京に行ったら見てきてくれと言われてね、近々結婚とかでね」

「ああ、結婚ね、看護師さんでしょう、そこの病院の」

「そうそう、それで父親が心配になってね」

「幸広、上手くやるよ、安心よ」

「どう言う意味?」

「上手に巻き上げるって意味よ」

「じゃあ、結婚とは名ばかりで、紐かな?」

「いつもそうよ、私が知っているだけでも三人はいたわ」

「上手なんだね」

「上手というより、怠け者ね。ネットワークビジネスとか言ってるけど、結局ネズミでしょう、所詮人に働かせて食べる訳でしょう」

廣一は美由紀が完全に騙されていると確信した。

携帯の番号さえ手に入ればいつでも連絡できる。

成果があったと喜んで帰って行った。

帰ると母が「先日の佐伯さんって変な人がまた電話を掛けてきたんだよ」

「今度は何を聞いたの?」

「柏木廣一さんは孝治さんの息子さんですか、だって」

「はい、と答えたのだろう?」

「もちろん、答えたよ。そうしたら、ご兄弟は?と聞かれたのよ、一人っ子ですと答えたら

……」

「何て、言ったの?」

「近日中に息子さんにお目に掛かりに行きます」

「何、それって借金取り?　美由紀の差し金?」

二人とも全く心辺りのない電話に怪訝な顔だった。

柴田は、三日後にゆかから廣一の話を聞いたが、親父が調べていると思った。

三百万円貰うまでは大人しくしていなければ、貰えなくなると思うのだ。

十七話

（また、病院に来たでしょう！）と美由紀から怒りのメールが届いたのは翌日だった。

（知らない、東京には行ってない）と送り返すと、その後は無反応になっていた。

美由紀は、何とか実家の許しを貰わないと結婚できないと考え、幸広に言ってみた。

「子供でもできたら、許して貰えるわ」

「子供はまだ早いよ」

「私、もう三十一歳よ」

「ほかに方法はないの？」

子供ができると美由紀が働けなくなるから、収入がなくなり、困るのだ。

美由紀は一度田舎に幸広を連れて行けば、両親も認めてくれるのでは、と考える。

そうよ、幸広さんを見れば考えも変わるわ、少し暖かくなる来月に幸広を連れて、宮城の実家に行く段取りを決める美由紀だ。


三月になって以前電話をしてきた佐伯から連絡あり、廣一が在宅の時に伺いたいと言ってきた。

眞悠子は理解不能の電話の意味を知りたいと返したが、本人に直接会って話したいと言うので、三月の二週目の日曜日に自宅に来て貰うことにした。

廣一も母と同じで、理解できない電話なので会わないと始まらないと考えた。

佐伯真三は約束の午後になって現れた。

差し出した名刺には特別養護老人ホームの課長とあった。

「初めまして、柏木久代さんの件で参りました」

二人には初めて聞く名前だったが、柏木の名前と九州の老人ホームの名刺で父孝治の関係者だと推測できた。

「私との関係は？　初めて聞く名前ですが」不思議そうに尋ねる廣一。

「廣一さんのお婆さんですよ」

「親父のお母さん？」

驚く廣一に母眞悠子が重ねる。

「もう、亡くなられた方でしょうか」

「いいえ、足は弱っていらっしゃいますが、お元気ですよ！」

「えー、もう百歳位では？」

「はい、今年九十六歳ですね」

「ハー、長生きですね」

「ご用件は何でしょうか」

「実は、半年前にご主人の孝吉さんが亡くなられまして、多額の借金を残されていました。お婆さんに話しましたら、息子さんがいるからそこで貰ってくれと言われまして、捜していたのです」

眞悠子が青ざめる。

「そんなの、全く知らないのに、借金だけ言われても困りますわ」

「借金は相続を拒否されれば、簡単なのですが……」

「いくら位ですか?」

廣一が聞くと、眞悠子が「廣一、聞かなくてもいいわよ、拒否するんだから」

「お爺さんの借金は五千万程らしいですよ」

「えー、五千万!」眞悠子の声のトーンが変わった。

「私が参りましたのは、その借金のことではありません。今、久代さんがおられる老人ホームの代金のことなのです。お支払い頂かなければ、退居をお願いしなければなりませんので、ご親族の方にローンでも結構ですので、お支払い頂きたいのです」

「えー、そんな、会ってもいないお婆さんの老人ホームのお金なんて払えませんわ」

眞悠子が驚いて言った。

廣一が「いくらなのですか?」と尋ねると「廣一、聞かなくても!」と眞悠子が怒ったように遮った。

そして「確か、孝治さんには弟さんがいらっしゃったと思うのですが?」と付け加えた。

「孝介さんですか? 随分昔に亡くなられました」

眞悠子も廣一も孝介が亡くなっていたことをこの時初めて知った。顔を見合わせる二人。

やや間があって、廣一が気が付いたように尋ねた。

「じゃあ、子供さんは?」

「結婚される前に亡くなられていますから、いらっしゃいません」

「えー、それじゃあ、お婆さんの血の繋がった人間は僕だけ?」廣一が驚く。

「はい、そうです、誰もいらっしゃいません。今回お邪魔しましたのは、そのお婆さんがお孫さんに会いたがっておられるからです。お金も頂かなければいけませんが、来ていただけたら私も助かります」

「それで、いくらでしょう?」

「たぶん一千五百万位必要かと思います」

「一千五百万?」眞悠子の驚く顔は言葉に変わって「そんなの、払えません」即座に答えた。

「それじゃあ、退居の手続きをしなければなりませんね、来て頂くのは?」

「悪いけど、我が家にはそんな大金はありませんし、息子も行きませんよ」

眞悠子が怒ると、廣一がぐいっと身体を前にせり出して言った。

「お母さん、たった一人の肉親だよ、お父さんのお母さんだろう? 僕は会いたいよ、お父さんの若い時の話も聞きたい。ローンでもいいのですよね、老人ホームのお金は」

「来て頂けるのですか? お金はローンで結構ですよ」佐伯は急に嬉しそうな顔になる。

「廣一何を言い出すのよ。お前はそんな甘い考えだから、悪い女にお金を騙し取られるのよ!」

眞悠子が怒る。

「でも、可哀想じゃないか。もう身寄りも誰もいないお婆さんが一人、肉親を捜しているんだよ」廣一は涙目で訴える。

「お母さんはお前には呆れるよ! 二千万近いお金を騙し取られて、嫁もなし、子供もいない。おまけに今度は身寄りのないお婆さんの面倒を見るの? 私はお婆さんよりお前の老後が心配だよ!」

叫びに近いような声で眞悠子が悲痛に訴える。しかし、佐伯は嬉しそうに言った。

「それでは、来週の日曜日にでも来て頂けますか? 契約書も用意して待っていますから」

「そうですね、老人だから早く行った方がいいですね」心配そうに言う廣一。

「よろしくお願いします」

佐伯は丁寧にお辞儀をして帰って行った。

佐伯が帰ると、眞悠子は廣一に再三愚痴を言うが「一人しかいないから、会いたいよ」としか廣一は言わなかった。

一千五百万円を何年のローンで払うのだろう？　心配のあまり熱が出そうな眞悠子だった。


翌週、美由紀は幸広と宮城に、廣一は一人福岡の老人ホームに向かった。

宮城の雑貨店で待ち構える美由紀の両親、二人の間ではもう娘を諦めようかとまで話をしていた。

もう三十歳を過ぎている。反対しても、できちゃった婚をされても同じことだ。

ここは許して娘の目が覚めるのを待つのがいいのでは？　とも思う。

弟の啓一が「たぶん子供はなかなか作らないと思うよ」と言った。

「どうして？」

「姉貴の収入をあてにしているから」

「そうか、子供できたら稼げないからな」

「なるほど」

「それなら許しても、気が付いた時には子供はいないから、楽に別れられる」

三人は美由紀が柴田に騙されていることで意見が一致していた。

そのうちボロが出て、二人は別れることになるだろう。反対するより許す方が目に届くと考えていた。えたのだ。

気合いを入れて帰った美由紀に、両親も弟も先日とは段違いの対応に出た。

「そんなに二人が望むなら結婚するのがいい。母さんも啓一も賛成だよ」

家族を代表するように父啓治が言う。ほかの二人も示し合わせたように頷く。

いきなりの態度の変化に呆れる美由紀。そして、美由紀から聞いていた話とまるで異なる状況に面食らう柴田だった。

帰りの新幹線で、喜んで手を繋いでラブラブで帰る二人。

あとは新居の用意が調えば入籍して、マンションで新婚生活だと美由紀の心は晴れ晴れとしていた。


福岡の駅に佐伯が車で迎えに来ていた。

運転しているのは綺麗な女性だった。

「ホームの事務員の有馬靖子さんです」と佐伯が紹介した。

年齢は二十五歳位だろうか。

何故か美由紀に似ている気がする廣一だったが、しばらく走ると大きな老人ホームに到着する。

「大きいですね、ここですか？」

「まだ新しいでしょう。昨年お爺さんが契約されて入られて、半年で亡くなられました」

「そうでしたか、会いたかったです」と目頭を押さえる廣一。

ホームを案内しながら「このホームでも一番小さい部屋ですよ」と言う。

部屋に入ると、車椅子に腰掛けた見窄らしい姿の老婆が窓の外を見ていた。

廣一達に気づいて振り返り、廣一を見ると同時に「おおー、お爺さんの若い時にそっくりだ、間違いない！」と叫んだ。

「お婆さんですか？　孫の廣一です、初めまして」と会釈をする。

「こちらに来ておくれ、もっと近くで顔を見せておくれ」久代が嬉しそうに手招きした。

「はい、お父さんの子供の頃の話が聞きたいと思ってやって来ました。お婆さん！」

「そうかい、お前は優しいね、一度も会ったこともない私にわざわざ遠くから来てくれたのか」

「だって僕には唯一の肉親でしょう、そりゃあ、来ますよ！」

廣一は久代の手を握って言った。

もう久代は涙を流して喜んでいる。

「ホームのお金も出してくれたんだってね」

「はい、安心して長生きしてください」

横にいた靖子が久代にハンカチを渡すと、目頭を押さえながら話す。

「孝治がお爺さんと喧嘩して家を飛び出してから、三年後に孝介が事故で亡くなって、それから肉親に会うのは初めてだ。頑固だったから、最後まで許さなかったんだね。子供は二人とも、お爺さんより先に死んでいたのね」

「捜さなかったの？」

「お爺さんがうるさくてね、去年亡くなる前に初めて許したんだよ。それからここのお金のために捜してくれたんだよ、佐伯さん達がね」

「大変でしたね」

「ホームも踏み倒されたら困るから必死なのよ！」と微笑んだ。

「お婆さん会いたかったです」廣一は久代を抱き抱えた。

「ありがとう、ありがとう」久代は泣きながらお礼を言った。

その後、二人は尽きることのない昔話を楽しみ、夜は瞬く間に更けていく。

優しい廣一に久代は好印象を持った。

十八話

「今日は帰るのか？」

「連休ですから、近くのホテルに泊まりますよ」

「そうなのかい」嬉しそうになる久代は「靖子さん、明日車を用意して。外に行きたい」と告げた。

「はい、判りました」靖子が出て行くと「廣一、可愛い女の子だろう？」と微笑む。

「はい、老人ホームの従業員にしては、綺麗な方ですね」

「そう？　気に入った？」

「はい、まあ」曖昧な返事の廣一。

「お前、独身だろう？」

「はい」

「ああいう娘さんを嫁さんにしなければ駄目だよ」

「お婆さん、何を言ってるんですか。叱られますよ」

「そうかい、私が男なら付き合うがね」急に変なことを言い始める久代に驚く廣一。

「僕は五十二歳ですよ、この頭を見てください」と禿頭を撫でる。

「男は顔じゃあないよ、お前は優しいから大丈夫だ」

「何が大丈夫ですか。そろそろ帰りますよ」

「ここに泊まればいい。佐伯が用意しているから、ここに泊まって明日一緒にドライブに行こう」

「ここに、ですか?」

「この部屋じゃあないよ、別の部屋にだよ」と微笑む。

しばらくして佐伯が「部屋を用意しましたので、お泊まりください。ビジネスホテルよりいいかも知れません」と案内した。

少し広い部屋に廣一は泊まることにした。

明日は朝から久代とドライブに行くことになった。

運転は靖子がするらしいが、廣一は悪い気はしていない。美由紀に似た好みのタイプだった。

九十歳を超えている祖母の明解な話し方、頭も全く普通——。寝付けない廣一は祖母との会話を思い返していた。

とてもホームのお金の支払いで問題を起こす人には見えず、呆けなどとは無縁な感じがしたのだ。

あの佐伯さんを呼び捨てにしていたのを、廣一は聞き逃してはいなかった。

確かに足は衰えているようだが、頭は極めて正常だと思う。

明日はどこに行くのだろう。あの靖子さんもここの職員ではないような気がしていた。

熟睡できないまま朝を迎えた廣一に、朝食を食べようと祖母が呼ぶので行くと、靖子も佐伯も同じテーブルに座って待っていた。

「おはようございます」と会釈をすると、三人が声を揃えて「おはようございます」と挨拶をする。

祖母は粥を食べて、他の二人は焼き魚の朝定食、何故か廣一には洋食で、パンとコーヒーが運ばれて来た。

しばらくすると、四人はワンボックスの車に乗り込んで出発した。祖母は車椅子のまま乗り込んだ。

「有馬さん、こちらにはいつからお勤めですか」廣一はぎこちない靖子に尋ねた。

「まだ、二週間程です」と答えたので、廣一は納得した。

「廣一も見るところは見ているのね」久代はそう言って笑うが、意味がよく判らない廣一なのだ。

車は博多の町の中を走り回るだけで、郊外や景色のいい場所には向かわない。

二時間程繁華街を回ると、車を停めて久代が言う。

「佐伯さん、計算できたの？　ホームのローンの金額」

「はい、できました。月に十二万の二十年払いです」

「廣一、すまないね。月々十二万必要みたいだよ、大丈夫かい？」

「僕には大金ですが、それでお婆さんがあのホームにそのまま住めるのなら頑張ります」

「凄い孫だね。五十年間で初めて会ったのに、こんな老婆のためにお金を払ってくれるのかい？」

「だって、僕には母とお婆さんしか身内がいませんから。それも五十年も会っていなかったんだから……。もっと以前に会えたら、色々な所に連れて行ってあげられたのに残念です。お爺さんにも会いたかったですよ」

「そうかい、嬉しいね。有馬さん、私の孫をどう思う？」

「優しい方ですね、こんな人いませんよ」と涙目になった。

「廣一は女性に好かれないのかい。今まで結婚したいと思ったことはないのかい？」

「若い時から禿げでしたから、見合いを二度程しましたが、断られました。それからは最近までないですね」と笑う廣一。

「最近までない？　最近好きな女性ができたのかい？」

「まあ、私の片思いでしたが、一人いました」

「その女性は何をしている人なの？」

「お婆さん、恥ずかしいのですが、風俗で知り合って好きになりました。本当の職業は看護師さんです」

「えー、看護師さんが風俗で働いていたのかい？」

「そうです、バイトですね」

「どんな女性なの？」

「もういいです、彼氏ができたようで私は捨てられました」苦笑いをした。

「何年、付き合ったの？」

「六年弱です」

「おお、長いじゃないか、いくら使ったの？　その女に」久代は楽しそうに聞いてくる。

「判りません、計算していませんから」

「そうか、凄く使ったんだね、廣一は馬鹿だね！」

「はい、馬鹿です。母にも同じことを言われましたから」と笑う。

「この有馬さんは廣一のタイプの人かい？」

「お婆さん、急に変なこと聞かないでくださいよ、答えにくいですよ」禿げ頭を掻く。

「有馬さんは廣一をどう思う？」

「心の優しい人だと思います。今もその女の人のことを心配しているのでしょう？」

靖子の意外な言葉に、廣一は背筋が凍り付いた。

何故、知っているのだ？　すると久代が「眠くなった、帰ってお昼を食べて昼寝をしよう」

「はい」車はホームに向かって走り出した。

「廣一、時々会いに来ておくれ、お願いするよ。私も一人きりの孫に会いたい、あと何度会えるか判らないけれど、できるだけ会いたいのよ」

「いいですよ、また会いに来ますよ！」

「電車代が多く必要になるわね、ごめんよ」

「いいですよ、月に一度は見に来ますよ」

祖母は嬉しそうな顔で笑い、やがて眠ってしまった。

その後は沈黙が続いて、佐伯も靖子も何も喋らない。

ホームに到着するまで無言だった。

ホームに到着して昼食を終えると「そろそろ帰ります、お婆さんお元気でね。また来月来ますから」廣一はそう言って、優しく久代の肩を抱いた。

「ありがとう、ありがとう」久代が目を細めて言う。

「お帰りの前に、この書類にサインと拇印を頂けますか？」

佐伯が支払いの明細書を持って来た。

「いくらか纏めて支払えば変更になりますか？」

「もちろんです、その場合は計算をやり直します」

廣一はサインした。

「有馬さん、駅まで送ってくれませんか」

「はい、判りました」靖子は車を取りに駐車場に向かう。

「いい娘さんだろう？」久代が改めて尋ねた。

「はい、優しそうな人ですから、お婆さんの世話をしてくれますよ」

「お前にも、ああいう女性がいたらいいのにね」と笑う久代だった。

しばらくして、廣一は靖子のセダンに乗って老人ホームから帰って行った。

その姿を長い間手を振って見送る久代。目には涙が滲んでいた。

「すみません、わざわざ送って頂いて」お礼を言う廣一。

「いいえ」

「祖母はどんな人ですか。有馬さんから見て」

「恐い方ですわ」

「恐い？」

「はい」

「まだ、二週間でしょう？」

「はい、お話するのは少しですが、以前から存じていました」

「じゃあ、祖父も？」

「もちろんです、お婆様以上に恐い方だと聞いておりました」

「そうなんですか。違うホームに勤められていたのですね？」

「まあ、そんな感じです」

やがて、車は博多駅に到着し、靖子はわざわざ車を降りて丁寧にお辞儀をした。

丁寧で綺麗な人だなあ、と驚く廣一だった。

新幹線に乗ると同時に、キャバクラのゆかの戸田由佳子から電話が入った。

「美由紀、結婚決まったらしいわよ、おじさんの報告のお陰かも」

「えー、美由紀の両親は許したのか！」

「大喜びだよ」

「連絡、ありがとう」

　廣一は連絡を受けて、これは大変だ、ますますお金を用意して早く会わなければ、と思うのだった。

　美由紀と幸広は結婚のためにマンションを借りる準備を始めた。

　僅かな敷金がなかったので、敷金のないマンションを探し、家賃が安くて病院に近いマンションの入居申し込みをする。

「これで、いつでも結婚できるわ！」

「僕達の新居だね」と喜ぶ二人だったが、翌日断られてしまった。

「どうして？」と聞きに行く美由紀に、係の人は「判りませんが、駄目のようです」と言うだけだった。

　幸広の名前で申し込んだから、審査で駄目になっていたのだ。

十九話

家で廣一は母眞悠子と喧嘩になっていた。

月に十二万円のお金を、毎月払う契約を勝手に決めてきたからだ。

しかし、廣一には母の怒りよりも大事なことがあった。美由紀が結婚を決めたことだった。

カード会社などからかき集められるだけのお金を持って、美由紀に会いに行こうとした。

九州から戻って一週間が瞬く間に過ぎて、会社の仕事で東京に行ける時を待っていた。

ようやく出張が決まって（来週、東京に行くので会って貰えませんか）と美由紀にメールを送る。

（あなたに会う用事はないわ）

（お金が少しできました）

（何、お金？　馬鹿じゃないの。冗談を本気にしていたの？）

（とにかく、来週の木曜日と金曜日にあのホテルに泊まります）廣一は必死だった。

美由紀もここで決着をつけなければと焦る。病院に行って色々言われても困る。特にデリヘルの話でもされたら終わりだ。そう思って（いいわ、最後にしましょう。木曜日に行くから）と返事をした。

借金までして用意した五百万円を通帳にして東京に向かう廣一。

その日、佐伯が九州から廣一の会社に向かっていた。

契約の確認のためと久代の頼みを叶えるために――。それは今の会社を辞めて九州に来て欲しいという願いだった。

佐伯は会社で廣一の上司、加藤に面会を求めた。

加藤は最初は断ったが、渋々会って事情を聞くことにする。しかし、加藤は理解に苦しみ、社長が面会することになった。

一時間の会談の後、佐伯は社長にお辞儀をして帰り、代わりに入ってきた加藤ににこやかに尋ねた。

「加藤君、柏木君の今受け持ちの得意先、誰かと変更できるか?」

「どういうことでしょう」

「柏木君には辞めて貰うことになったよ」

「えー、柏木君にですか」

「そうだ、彼は色々陰で問題を起こしているらしい」

「本当ですか？」

「そうだ、借金も多い」

「小金を貯めていましたよ」

「女に使ってしまって、今では先程の方の所にも何千万と借金があるらしい」

「そんな、驚きですね。確かにあの歳まで独身なら、少しいい女に入れ込むのは判りますね」

「今も東京に出張だと話すと、女に会いに入っているのではと教えられたよ」

「判りました、社長。早速後任を探します」

「イメージが悪くなるから、病気で退社、引き継ぎはなしで」

「判りました」

加藤には少し不思議な感じがした。社長が怒っていなかったからだ。


久代の頼みの一つを終えて実家に向かう佐伯。

眞悠子が「何か、まだ用事があるのでしょうか」

「恐い顔ですね」と佐伯。

「そりゃあ、そうでしょう。顔も知らないお婆さんの老人ホームのお金を出す馬鹿な息子に呆れていますよ。今日はいませんよ」

「例の美由紀さんに会いに行かれたのでしょう?」

「えー、違いますわ、仕事です」

「たくさんのお金を持って行かれた筈ですよ」

「お金?　もうそんなお金は持っていない筈です」

「いいえ、借金をして」

「えー、嘘でしょう、どこまで馬鹿なの」

「その馬鹿、いや、その気持ちが気に入られたそうですよ」

「誰に?」

「お婆様にです」

「そんなこと関係ないわよ。大変だわ、いくら持って行ったのかしら?」

「五百万程でしょう」

「えー、二千万も使ってまだ五百万も?　気が狂ってるわ」

「そうですね、彼氏がいて結婚されるのに狂っていますね。でもそこがいいらしいですよ」

「何が?　またお婆さん?」

「はい、そうです」

「今日はこれを持って参りました」佐伯が鞄から書類を差し出す。

「何？」

「息子さんが契約された、老人ホームの正式契約書です」

「そんな物、わざわざ持って来て貰わなくても、送って頂ければ良かったわ！」怒ったように言う眞悠子。

「もうひとつ、お願いがありまして」

「まだ、何があるのよ」さらに怒る眞悠子。

「お婆様が廣一様と一緒に住みたいと言われまして、今日はお願いに参りました」

「お金を取って、息子まで欲しいと？」

「いいえ、お母様にもご一緒に来て頂きたいと聞いて参りました」

「えー、私も？　息子には勤めがあります、無理です」

「大丈夫です、勤め先は解雇されます」

「何を言っているの？」眞悠子の声が変わった。

「どうしてよ！」

「仕事中に女性と遊んでいたのが社長のお耳に入りまして、お怒りです」

「えー、そんな」

「まあ、そういうことで私は帰ります。考えてください」

佐伯が帰ろうとすると「待って！　首になったらもう、この契約書のお金も払えません。九州に行くお金もありません！」と大きな声で言う。

「……」

呆然とする眞悠子を残して佐伯は帰って行った。

眞悠子が廣一に電話をしてきた。

「廣一、またあの女と会ってるの？」

「えー」

「もう会社にバレて、あなたは首よ。それにお金を借りたでしょう？」

「何故それを？」

「今、佐伯って人があなたの書いた契約書の原本を持って来て、教えてくれたわ」

「何故、佐伯さんが僕の借金を知ってるんだ？」廣一は頭が変になりそうだった。

もうすぐ美由紀がここに来るが、冷静に話せるだろうか？　会社も首？

「お母さん、帰ったらゆっくり話そう。今夜で決着をつけるから」

そう言って電話を終えるとすぐに美由紀から電話が来て「部屋で話をしたい」と言う。

人に聞かれることを避けた美由紀だった。

しばらくして、部屋に来た美由紀は「もう、いい加減にやめてくれない、もうあなたとは別れたのよ！」

「私も美由紀さんと戻ろうとは思っていません」

「じゃあ、お金なんて持って来ないでよ！」

「一千万あれば、また会うと言いましたよ」

「もう、あの時と状況が違うのよ、私達結婚するのよ！」

「それを、やめて欲しいのです」

「あなた、馬鹿じゃないの？　もう両親にも許して貰ったのよ」

「柴田さん以外なら反対はしません。美由紀さんの不幸が見えています。だからあの柴田だけはやめてください」必死で言う廣一。

「もう、三十二歳よ、彼を逃したらもう結婚できないわ。それに愛し合っているのよ」

廣一は通帳を差し出した。

「ここに五百万あります。一千万には足りませんが、あと五百万は近日中に用意しますから、お願いします！」

「馬鹿じゃないの？　お金じゃないのよ、私達は愛で結ばれているのよ。こんなお金はいらないわ」

美由紀がテーブルに置いた通帳を右手で払い除けると、壁際まで飛んで行った。

「判った？　お金では買えないものもあるのよ、もう私を忘れて。今後連絡しても出ませんから、今夜限りにしてよね。一度自分の顔をよく見て考えることよ。変なことしたら警察に通報しますからね！」

捨て台詞を吐いて部屋を出て行く。

呆然とする廣一。

「愛はお金では買えないか……。そうじゃないんだけどなあー」

別に買おうとした訳ではないよ、美由紀さんの不幸を助けたかっただけなのに……と思う廣一だった。


週末、会社に戻ると、上司の加藤が廣一に「お前、仕事中に女と遊んでいたらしいな、社長に知られたから、もうこの会社では無理だよ」と告げた。

「はい、聞きました。来週辞表を書いて来ます」心も身体もボロボロ状態の廣一だった。

帰り道、携帯が鳴って「廣一かい？」と久代の声。

「ああ、お婆さん」

「九州に来て私と一緒に住んでくれないか？」

「今、勤めていた会社は首になったから、仕事を探さないと、お婆さんのローンも払えなくなるんだよ！」

「それは、困ったね、私の知り合いの会社で空きがあるか聞いてやろう。九州で仕事が見つかれば来てくれるかい？」

「この歳で使ってくれる会社、なかなかないよ」

「聞いてやるよ。昔から知っているから、使ってくれるかも知れないからね」

「はい、お願いします」廣一は期待もせず、失意のまま電話を切った。

ところがしばらくして電話が鳴る。

「廣一、使ってくれるらしい、面接に来なさい」と久代の弾む声。

「えー、早いね」

「昔から知っているからね」

「何という会社なの？」

「柏木興産という不動産の会社だよ！」

「あっ、そうか、親戚の会社だね。僕のような年寄り使ってくれるなら行くよ！　お婆さんにも会いたいからね」急に元気になる廣一だったが、所詮、空元気なのだ。

二十話

自宅に帰ると母の眞悠子は、もう怒りを通り過ぎて失意の底だった。

「お金を借りてまであの美由紀って女に会いに行って、会社を首になって、身寄りのないお婆さんにお金を払って、お前程めでたい子供はいないね。奥さんいなくて正解だよ！　いたら気が狂うよ！」

「会社は首になったけど、お金は使わなかったよ。すぐに返済するよ」

「会社を首になって、支払いどうするのよ！」

「来週、辞表を出して、すぐに面接に行くよ」

「どこに面接に行くのよ、お前の歳で使ってくれる所ないだろう」小馬鹿に言う。

「お婆さんが、知り合いに頼んでくれたんだよ」

「九十過ぎた婆さんが？　どうせ三流企業だろう。ガードマンか何かだろう？」諦めたように言う。

「決まれば九州に行くことになるかも知れないね」

「今更、九州に？　あのお婆さんの思うつぼだわね」

「でも働かないと、借金払えない！」そう言いながらインターネットで調べ始める廣一。

「柏木興産って不動産の会社らしいよ、たぶん親戚かな」

「町の不動産屋がお前のような素人を雇わないよ」

調べていた廣一が「何だ、これ！」と叫んだ。

「どうしたの？　変な会社かい？」

「いや、大会社だよ。売り上げ二千億って書いてある！」驚いたように言った。

「大会社でガードマンをするのかい」

「社長は柏木孝吉さんだって」

「じゃあ、あのお婆さんの遠い親戚の会社だわね。ガードマンでも給料さえ貰えれば助かるわね」

「そうだよ、この歳だから使って貰えるだけで感謝だ」

すぐに久代に電話をする廣一。

「来週ならいつでも行けるよ、お婆さん」

「そうかい、火曜日にするかい？」

「いいよ、終わったらお婆さんに会いに行くからね」

「そうかい、そうかい、楽しみにしているよ。お前を見ていたら爺さんを思い出すよ」

「お爺さんに似ているんだよね」

「本当に若い時にそっくりだった」懐かしそうに話す久代だった。

病院で美由紀が由美に「先日ね、あの禿げ親父がお金を持って来て、幸広さんと別れてくれって頼むのよ」

「どうして？　もう別れたんでしょう、柏木さんとは」

「私が一千万持って来たら考えると言ったのを本気にしたみたい。かき集めて来て五百万だって言うから、追い返してやったわ」

「まだ、好きなの？」

「勘違いしてるのよ。お金もない、禿げの年寄り、顔も悪い、最悪じゃん！　私が幸広との結婚をやめてくれたら、五百万くれるって言うから、愛はお金では買えないのよ、二度と来ないで、警察呼ぶわって言ったら泣いて帰ったわ」

「本当にあなたのこと好きなのね、だから心配なのよ」

「何が心配なのよ、幸広とはもう結婚するのよ。住む場所見つかれば入籍して、結婚式は友達呼んでささやかに挙げるのよ」

「なにも柏木さんにそこまで言わなくても……。彼も柴田さんとあなたの結婚に疑問を感じたのよ」

「由美まで反対なの？」

「好きになれないわ、柏木さんの方が数段上よ」

「由美は顔も見てないのに、デリヘルで遊ぶ男なんて最低よ！」

「柴田さんも私の主人も遊んでいるわよ。たまたまあなたは柏木さんと会った、それだけよ。なかなかデリヘルの女性にここまでしてくれないわ。柏木さんは美由紀をデリヘル嬢とは思ってないのよ。なのにあなたがこだわって色眼鏡で見ているのよ、逆よ！」

由美にそう言われて、初めて気が付く美由紀。

自分がこだわっている？　確かに自分の過去にこだわっていた。


廣一が会社に辞表を提出し、社長に挨拶に行くと「長い間ご苦労さんだったね。いつ九州に行くの？」とにこにこして聞いた。

首になったのに、笑えない廣一は「明日、面接に行きます」と恐い顔だ。

「そうか、頑張って仕事をしなさいよ。嫁さんも貰わないといかんな！」

「は、はい」

意味のよく判らない会話を交わして会社を後にした。

加藤が最後に「元気で」と肩を叩いた。

加藤には意味が判らない柏木の退職だった。


翌日、廣一は九州に向かった。

母には一泊してくるかも知れないと話していた。

それは久代に会いに行けば、また引き留められると思うからなのだ。

柏木興産の本社ビルは博多の駅を降りると目の前にあった。

新幹線の改札口にあの有馬靖子が待っていた。

「いらっしゃいませ」と軽く会釈をする。

「お迎えに来て貰えるなんて、思っていませんでした」微笑みながら会釈を返す。

「お婆様に出迎えるように言われましたので参りました」

「えー、お婆さんに忠実なのですね、ホームのヘルパーさんではないですよね」

「はい」

「事務員さん？」

「秘書です」

「秘書？　誰の？」

「会長の秘書をしています」

「老人ホームの？」

「まあ、そうですね」そう言うと笑った笑顔が美由紀に似ていると思う廣一。

先日のホテルの出来事を思い出していた。

酷い言葉だったなあ……。


「行きましょうか」

「お願いします」

靖子が先導して徒歩で僅かな距離を歩くと、見上げるようなビルに「こちらです」。

中に入ると、職員が靖子にお辞儀をしている。自分にしているようにも見えるが、判らない。

エレベーターに乗ると靖子は最上階のボタンを押した。

「最上階ですか？」

「景色がいいですよ」

「はい、今日は景色を見る余裕はありませんがね」と笑う廣一に微笑み返す靖子。

エレベーターを出ると、社長室に連れて行き、ノックもしないでドアを開ける。驚く廣一に
「どうぞ」と招き入れた。

入ると応接セットと窓の側に社長の大きな机、横の小部屋にはお茶を作る場所があるのだろ

うか、靖子はそこに消えた。

しばらくして、誰かがドアをノックする。

自分しかいないので「どうぞ」と言うと、佐伯が入って来た。

「お立ちにならないで、お座りください」と廣一に言う。

「どこに座れば？　佐伯さんは何故ここに？」

「社長のお手伝いに来ています」

「ああ、お婆さんの知り合い？　社長さんなのですか？」

「はい、そうですよ」

「凄いですね、こんな大きな会社の社長さんと知り合いだなんて、面接を社長室でするなんて、私のような年寄りの採用を丁寧ですね」

話していると、靖子がコーヒーを持って来た。

応接のテーブルに並べて「お座りください」と言う。

「面接でコーヒーが出る。何故？　凄いですね」と驚く廣一。

ソファに座ると同時にドアをノックする音がし、六十代の重役風の男性が廣一にお辞儀をして、分厚いファイルを机に置いた。

「阿倍常務、コーヒーですか？」靖子が声を掛ける。

「恐縮ですね、社長夫人にコーヒーを入れて貰うなんて」と言うので、靖子は会長の秘書？　いや、社長夫人？

「常務、冗談でしょう。まだ何も決まっていませんのよ！」そう言って笑う靖子。

佐伯が置かれたファイルを見ながら「人事名簿はないか？」と尋ねた。

「はい、持って来ます」阿倍常務は再び部屋を出て行った。

「先程の男が阿倍常務で総務の責任者です」と佐伯が言う。

「はい、ところで、私の面接はどなたが？」と怪訝な顔で聞く廣一。

「社長の面接をできるのは株主くらいでしょう？」そう言って笑った。

社長の面接？　考えていたらドアがノックされて、若い女性が車椅子の久代を連れて入って来た。

「廣一、この部屋は気に入ったかい？」

「お婆さん、何を言ってるの？」

「お前のお嫁さん候補まで用意したのに見向きもしない。有馬さんが悲しんでいたよ！」

廣一は呆然と聞いている。何が何だか判らないのだ。

おかしな雰囲気になって、廣一は夢でも見ているような気分になっていた。

二十一話

「佐伯専務、説明してください」久代が言う。

「はい」佐伯が説明を始めた。

「この会社のことは後々話すとしまして、半年前、孝吉社長が亡くなられました。会社の発展のために力を注がれて、九十七歳の大往生でした。そして、久代夫人が会長職になられ、孝吉社長が一代で築かれたこの柏木興産を、他人の手に委ねるのは忍びないと申されました。子供さんはお二人いらっしゃったのですが、長男孝治さんは若い時、前社長と喧嘩をされて勘当状態、次男の孝介さんは結婚前に事故でお亡くなりになりました。そこで、勘当状態だった孝治さんの消息捜しが始まりました。ようやく捜し当てて、孝治さんも亡くなられていた時はショックで声も出ませんでした。

会長はお孫様に継承させるか悩まれて、テストをしてみようとお考えになり、色々無理難題を与えられたのです」

「そうなのよ、すまないね、廣一」と謝る久代。

廣一はただ、唖然としていた。

「これだけの会社と資産を継承できる孫でなければ、個人資産は寄付、会社はしかるべき人に委ねる覚悟だったのです。廣一さんのことは色々調べさせて頂きました。誠に申し訳ありませんでした」

佐伯が立ち上がって深々とお辞儀をした。

「そうよ、女性の好みも調べて有馬さんに白羽の矢を立て、私の秘書に来て貰ったのよ。もちろん有馬さんの意見を尊重してね。お前を見て話をして気に入ればなのだけれどね」

「じゃ、じゃあ、私がここの会社の社長？」呆然と聞いている廣一にようやく言葉が出た。

「そうよ」

「できませんよ、帰ります！　元の会社に戻してください。帰らせてください。何もいりません！」と立ち上がろうとする。

「孝治を奪ったお前の母が私は憎かった。今回も少しだけ意地悪をしてしまったが、今社員がお前の母親を迎えに行っている。廣一、お前は優しい。捨てられた女にまだお金を、それも借金をしてまで助けようとした。身寄りのない私にもローンでお金を払おうとしてくれた。会社を首になっても、それを払う契約に愚痴も言わなかった。私は廣一にこの会社と財産を継承して欲しい。人を愛せるお前なら任せられると思ったし、確信もした。頼むから継いで欲しい。私ももうすぐお爺さんが迎えに来るから安心させておくれ！」

そう言うと涙を流して「普通の男なら断らないだろう？　資産だけ貰ってから逃げても十分

間に合うから。だがお前は断った。だからできる！　最後のテストも合格なのよ」久代は涙を流し続けた。

「お婆さん……」廣一も泣いていた。

久代の車椅子に駆け寄って肩を抱く廣一に、部屋の中の全員がもらい泣きをしていた。

「私が生きている間に、曾孫の顔でも見せてくれたら最高よ、この有馬さん嫌いかい？」

「そんなこと、考えたことないですよ！　有馬さんに失礼ですよ、若くて綺麗な女性なのに」

「もう確かめてある、お前のことは悪い印象ではないそうだ」

「そんな、年寄りの禿げのおじさんでは気の毒ですよ」

「靖子さん、廣一があのように言っているがどうする？」

「会長、恥ずかしいですわ」と頬を赤くする靖子だった。

その後、佐伯専務と阿倍常務に色々と会社の現状を教わって夕方になった。

「お母様が博多に到着されました。夜は会長の自宅で夕食になります。私がお二人をお送りしますわ」靖子が社長室に入って来てそう告げた。

「お袋は今どこですか？」

「応接室でお待ちです」

「じゃあ、また明日にしましょう、社長！」佐伯にそう呼ばれて照れる廣一。その後応接室で母の眞悠子に会うと「廣一、凄いことになったわね！　もうびっくりして、腰が抜けそうよ！」母の驚きの顔がそこにあった。

「僕もだよ！」

「反対した私が悪かったわ、これからは何でもお前の言う通りにするよ」

そこに靖子が入って来て「お待たせしました」と会釈をした。

「廣一、どうしてあの女がここに？」

美由紀の写真しか見ていない眞悠子が驚くと「違うよ！　よく似ているけれど別人だよ！有馬靖子さんだよ」

「有馬靖子と申します、どうぞよろしくお願いします」と深々とお辞儀をした。


廣一にはようやく、この有馬靖子のことが理解できた。

久代が廣一の好みを調べて、社内と関係先から美由紀に似た女性を捜したのだ。

たぶん化粧、髪型、服装で美由紀に似たようにすれば、廣一が気に入ると思ったのだろう。祖母は独身の廣一のことが不憫だったのだ。

しばらく自分の側に靖子を置いて観察し、これなら大丈夫だと思って自分に紹介したのだ。

そしてそれは専務達にも了解されていたのだと、先日町を走ったのは自分のビルを見るためと、廣一に見せるためだったたと、先程の佐伯専務の説明で知ったのだ。

その日の夜、大きな久代の家で、廣一と瓜二つの孝吉の写真を見て驚く親子。四人は和やかに食事をして、久代は九時には眠った。早く亡くなった息子孝治の話を十分聞いて満足していた。

「お母さん、これからどうなるんだろう？」

「判らないわ、でもあの靖子さんって素敵な方ね、お母さんは気に入ったわ。あの人もお前を気に入っているんだろう？」

「そう言っていたけれどね」

「まだ、あの女が気になるのかい？」

「うん、助けてあげないと」

大金持ちになったのに、何故いつまでも風俗の女に気が行くのか、息子の心情が理解できない眞悠子だった。

美由紀は柴田が全くお金のないのに驚いて、少しお金を貯めてから結婚しようと考えた。

その間は贅沢を謹んでひたすら貯めよう、ラブホも行かないと決めたのだった。

それは幸広には地獄の試練だった。

戸田由佳子の家に行ってSEXをして、発散する幸広。

美由紀はバイトの時間を増やすから、幸広に会う時間は減る。

相変わらず怠け者の幸広は、MMSの成績も上がらない。

美由紀はMMSの購入も控えたから、MMSの成績も上がらない。

やり取りはメールと電話ばかりになった。（愛している）と美由紀が送ると（俺も頑張っているよ、美由紀）と返す。

女は自分を頼りにしてくれる男に弱いから、甘えろ――。

これも魚篭に入れた女の扱い方としてMMSで教わっていたのだ。


半年が瞬く間に過ぎて、廣一と靖子は毎日会わない日がない。

靖子が廣一の秘書になっていたから、自然と仲も良くなる。

始めは財産重視の靖子も廣一の優しさに触れると本当に好きになって、廣一も靖子に好意を持って接していた。

だが廣一には、美由紀のことが頭から離れなかった。

もう美由紀に話しても無駄だろう……。試しにメールを送るが反応はなかった。

それなら柴田幸広はどのように反応するのだろう？　思い切って昔聞いた電話番号にかけてみた。

「私は、美由紀と昔付き合っていた、村田という者だが」

「村田？　誰だ？」話し方からして駄目な男だと直感した。

「聞いたことないかい？」

「思い出した、美由紀に付きまとう爺か？」

「今日は柴田さんにいい話をしたいと思ってね」

「いい話って、美由紀と別れたら金でもくれるのか？」

「おお、なかなか察しがいいね、その通りだよ！」

「安くはないで！」

「いくらだ？」

「三百万出すか？　いや五百万だ」

「そんなに安いのか？　それじゃあ一千万出そう、それならどうだ！」

「一千万！　あの女に一千万出すのか、お前は馬鹿だな、騙される筈だ！」

「でも、お前が芝居をする可能性があるから、確実に別れたと判れば払うよ」

「お前も俺を騙すのでは？」

「騙していたら、戻ればいいじゃないか」

「本当に貰える証明は？」

「来週東京に行くから、その時渡そう」

「何をくれるのだ」

「通帳だよ」

「先にくれるのか？」

「印鑑は確認後だ」

「判った、来週待っている」

今更のように馬鹿な男に騙された美由紀に涙する廣一だった。

二十二話

廣一は久々の東京に来ていた。

取り敢えず美由紀の病院に行くことにする。

以前とは見違える姿だ。服装は一流で、歩き方まで堂々として、人間を大きく変化させていた。

もし美由紀が今の自分に会えば、態度が多少変わるのでは？

それで話を聞いてくれたら、柴田に渡すお金を美由紀に渡そう。もっとたくさんでもいい。

彼女が不幸から救われるのならと考えていた。

七階に到着すると、「どなたかお探しですか？」看護師の最上が廣一に気づいて尋ねた。

「あの、須藤美由紀さんって看護師さんは？」

「あっ、美由紀ね、今日は遅番ですよ」、

「そうですか、じゃあ私が尋ねて来たと、名刺をお渡し願えますか？」

廣一は名刺を差し出し、「これ九州のお土産です。皆さんでお召し上がりください」そう言ってお菓子の包みを渡し、病院を後にした。

「紳士でしたね」最上が饅頭の包みを開けながら話していたら、由美が病室から戻ってきた。

「美味しそうなお饅頭、誰が貰ったの？」

「私が先程の紳士に貰ったのよ」

「祥子のお客様？」

「美由紀さんよ、この方よ」と由美に名刺を差し出した。

「柏木興産代表取締役社長、柏木廣一」読み上げて「あっ、どこに行ったの？」

「もう帰ったと思うわよ」

「柏木興産？」

「由美さん、大きな会社よ！」そばにいた加山がスマホで調べて言う。

自分が聞いていたのは確か三流の会社の筈だが、どうして？

「それも代表取締役よ、美由紀さん顔広いわね」そう言う加山に由美は何が何だか訳が判らなかった。

半年前、五百万のお金で苦労していた柏木が大企業の社長？　これって……。

「今ね、柏木さんが病院に来たわよ」

「えー、また来たの？」

「何か話して帰ったの？」

「何も言わなかったらしいわ。饅頭を持って来たのと、あなたに名刺を届けて欲しいと言ったそうよ」

「変なの、まだ未練があるの？　困った人ね」

「それより、変なのよ」

「何が？」

「凄い紳士だったって、祥子さんが言ってたわ」

「あの顔が紳士？　目悪いね、祥子」

「それだけじゃないわ」

「何が？」

「あなたに渡してと頼んだ名刺よ！」

「名刺がどうかしたの？」

「読むよ。株式会社、柏木興産、代表取締役社長、柏木廣一」

「小さな会社の社長になって自慢に来たの？　相変わらず馬鹿ね」

「何言ってるの、この会社大企業よ。加山さんがスマホで調べて驚いてたわ」

「冗談でしょう、半年前五百万で泣いていた禿げ男よ！」

「じゃあ、あなたも調べて見たら」

「気味悪いね」

電話を終えると、早速パソコンで調べる美由紀。

「えー、本当だ！　柏木廣一」

美由紀は驚いたが、もしかして自分を取り戻すために同名の名前を使って来たのかも、と解釈した。


その日の夕方、廣一は柴田幸広に会うためにホテルのロビーで待っていた。

柴田はラフなスタイルでやって来た。

「柴田さん？」廣一は顔を知っていたので声を掛けた。

廣一の服装を一目見て、柴田は金持ちを感じ取った。

「場所を変えましょう」

個室の飲み屋に入る二人。

「早速ですがこれが通帳です」と手渡した。

「あなたのような金持ちなら、いくらでも綺麗な女は来るでしょう。美由紀にこだわらなくても」

「六年近く付き合いましたからね、情が移ってね」

酒とつまみが運ばれて、飲み始める二人。

「どうしたら、別れたと信じてくれるのだ」

「まず、メールも電話もしない、別の女性と入籍する」

「別の女性と入籍？」

「お金を出せば、引き受ける女性は多いでしょう?」

「その分、俺のが減るが」

「その分は別に支払います、五百万までなら」

「えー、まだ五百万も貰えるのか、それならたくさんいるよ」

「柴田さんは、美由紀さんを愛しているのでは?」

「愛より、金だよ、村田さんは金持ちだね」

「いえ、そうでもないです」

「服装を見れば判るよ、一流の生地にその仕立てだ。美由紀はアホだな、こんな金持ちを袖にするなんて」

「私は、美由紀さんと交際を戻したいとは思っていませんので、誤解のないように」

「じゃあ、何だ?」

「あなたと一緒になっても不幸だからです」

「何を言うんだ!」と怒る。

「本当のことでしょう? じゃあこの話、なしにしますか?」

「いい、確かに俺は美由紀の紐になろうとしてるから、当たってるな」

廣一の強い言葉とお金、その身なりに柴田は完全に負けていた。

「連絡は、先日の携帯にください」

「村田さん、美由紀をどうするの?」

「元に戻してあげますよ、あなたに会う前にね」

「美由紀とどこで知り合った?」

「デリヘルですよ」

「えー!」

顔色が変わって驚く柴田に、携帯にある美由紀のデリヘル時代の画像を見せた。

「あの看護師、デリヘル嬢なのか?」

「そうですよ、知らなかった?」

「知らないよ、そんな仕事してたのか? 上手な筈だ」

「顔も身体もたくさん整形していますよ」

「えー、女は化け物だな」

「柴田さん、先程教えたことは私から聞いたとは言わないでください。それと私に会ったことも言わない。もしそれが判ったらあなたにはお金は入りません」

「判った、俺も騙されてたんだから言う訳ないよ!」と怒りの表情になった。

幸広には、もう美由紀に対する感情がなくなっていた。

たくさんの男性とSEXをして、お金を稼いだ不潔な女以外の何者でもなかった。

お金を稼ぐ女はいくらでもいるから、結婚の対象からは完全に消えた。

あとは村田から一千五百万円を貰うために誰かと入籍する必要に迫られていた。

柴田は実家に「俺、もう美由紀とは結婚しないから」と告げた。

「何故、急に。お前には丁度いい女性だと家族で話していたのに」

「あの女、昔、売春してたのが判ったんだ」

「えー、売春？　看護師では？」

「看護師と売春、両方してたんだよ」

「何故そんな仕事を？」

「可愛く見える顔も、整形の固まりだったよ」

「本当？」

「今でも、サイトに写真が掲載されてるよ、誰でも見られるよ」そう言ってサイトを教えた。

「判った、幸司に調べてもらうよ。もう少しで恥をかいたね、判って良かったよ！」

「それから、近日中に別の女と結婚するからな」

「嘘、違う女性とも付き合っていたの？」

「まあ、そんな感じかな」

幸広は実家にそう連絡して、入籍の相手に戸田由佳子を選んだ。

その日から、幸広は美由紀にメールも電話もしなくなった。

美由紀から連絡しても反応はない。美由紀は何が起こったのか心配になり始めていた。

メールに（連絡なければ、自宅に行きます）と送ると（何の用？）と味気ないメールが返信されて来た。

（会いたい）と送ると（話をしよう、病院近くのいつもの喫茶店で夕方）と返事が来た。

美由紀はいつものメールと異なる気配を感じた。


由佳子は幸広に「結婚して欲しい」といきなり言われて困惑していた。

「あなたには美由紀さんがいるでしょう？」

「あいつは駄目だ」

「どうして？」

「売春してた女だ」

「えー、看護師なのでは？」

「昔、してたんだよ、デリヘル」

二十二話

「デリヘルって売春じゃないでしょう?」

「表向きはな、でも美由紀はしてたらしい、それにあの顔も身体も作り物だ!」

「ほんとうなの?」

「ネットに今でも掲載されてるから、間違いない」

「それなら無理よね、幸広嫌いだものね」

「当たり前だ、自分の女が売春して喜ぶ男はいないだろう」

「大した女だったのね」

「だから、お前と結婚したいんだ」

「私も嫌よ、あんな女の後釜」

「入籍して、あの女に諦めさせる」

「そういうことね、美由紀さん普通では離れないからね」

「そうなんだ、だからお前に頼みたいのさ」

「いくらくれるの?」

「金とるのか」

「助けてあげるのよ」

「じゃあ、五十万で」

「もう、一声」

「仕方がない、奮発して百万だ」

「いいわ、半年で籍を抜いてよ」

二人の話は終わった。

二十三話

夕方、品川総合病院の近くの喫茶店で待つ美由紀、十分遅れて柴田がやって来た。

「遅いわね」

「会っただけでも、感謝してくれよ」

「それ、どういう意味よ」

「もう、お前との結婚はやめたんだよ！」

「えー、今更何を言い出すの？　結婚資金がないから少し延期しただけじゃないの、どうしてよ」

「胸に手を当てて考えてみたら判るだろう？」

「何の話よ、私が昔の男と浮気でもしたと言うの？」

「違うよ、お前の正体を知ってしまったんだよ」

「私の正体って、何よ」

「とにかく別れよう」

「そんな。最近会う回数が減ったのは、結婚資金を貯めるために寝ないで頑張っていたからよ。確かに最近はあなたの会社の物も買わなくなったけど、それも資金を貯めるためよ。あと半年待てば私達結婚できるのよ、両親の許しも貰ったしね」

「それがね、我が家の両親がね、反対になって無理だって言うんだよ」

「嘘でしょう？」

「疑うなら、ここで聞いてみたら？」

すぐさま携帯で自宅に電話をする幸広。

「お袋、美由紀が別れてくれないんだよ、両親が反対だと言っても信じないから、教えてあげてくれよ！」

そう言って電話を美由紀に渡す。

「美由紀さん、幸広を騙して結婚するのはやめて、この話はなかったことにしてくださいね」

「あの……？」

話す間もなく電話は切れた。

「騙すって、何を騙したの？　私あなたのために蓄えていたお金もすべて使ったわ、今更何を騙したと言うの？」

「看護師に騙されたんだよ」

「看護師が悪いの？　前からでしょう？」

「とにかく俺は由佳子と結婚するから、お前とはおさらばだよ」

「何言ってるのよ、キャバクラ嬢の友達と？　どうして急に結婚って？」

「じゃあーな」そう言うとさっさと出て行く。

「待ってよ」と追い掛けると店員が「支払いを」と言いながらあわてて呼び止め、支払いをしている間に幸広は消えた。

何があったの？　正体って何？

幸広のために既に一千万円以上使っていた美由紀は目の前が真っ暗になった。

喫茶店に戻って、ぼんやりと窓の外を眺める。

そうだ、由佳子さんに会って話を聞いてみよう、確か五反田の「ドリーム」だったと記憶を蘇らせた。

「今、別れて来ました」と廣一の携帯に幸広の電話。

「入籍の女性は見つかりましたか?」

「由佳子にしました。昔からの友達だから頼みやすかったので。五百万ですよね」

廣一はその言葉に由佳子には殆どお金は払っていないと感じた。

「いつ貰えますか?」

「入籍が終わって、完全に美由紀さんと別れたのを確認してからになりますよ」

「判った」

柴田はもう一千五百万円を受け取った気持ちになっていた。


九州に帰った廣一に久代が言う。

「もうそろそろ靖子さんと結婚しないのかい。曾孫の顔が見たいわ」

「もう少しで肩の荷が下りますから」

「百歳まで待てないわよ」

「はい、頑張ります」と笑う。

久代は同じことを靖子にも眞悠子にも話して催促していた。

一方、廣一にはもう美由紀のことを考える必要はないのに、どうしても助けたい気持ちが残っていた。


夜になり、場所を聞いて歩いてきた恐い顔の美由紀が五反田の由佳子の店の前に現れた。

「ここに由佳子さんって人、いらっしゃる?」と呼び込みに聞く。

「由佳子という子はいませんが、ゆかなら?」

「その人よ、呼んで頂戴」

呼び込みの男はまだ時間が早くて客も少ないので、由佳子を連れて来た。

「由佳子さん?」

「そうですが、あなたは?」と言うといきなり「バッシー」と平手打ちを由佳子の頬に放った。

「何するの！　あなた、美由紀?」

「そうよ、私の彼氏を取ったでしょう！」

あまりに恐い顔に由佳子は、刃物でも持っていて刺されるのでは?　と恐怖を感じた。

「あなたが悪いからじゃないの、幸広を騙すからよ！」

「何を騙したの?」

「ここで、言ってもいいの?」

「言いなさいよ！」

「売春してたでしょう、幸広が嘆いてたわ」

「売春って何よ」

「いかがわしい、デリヘルで働いて男からお金を貰ってたでしょう?」

「何の話よ、知らないわ」

「幸広ショックで、私に泣きついたのよ!」

「……」

美由紀は項垂れた。デリヘルで働いていたのが幸広に知れたのだ。バレるはずはないと信じていたのに。

「もう、結婚は諦めなさい」由佳子に言われて美由紀は踵を返していた。

デリヘルが見つかった——。

「み、つ、かっ、た」ぼそぼそと言いながら項垂れ、傷心した足取りで駅に向かって歩いた。

一番知られて困る人に知られてしまった。

何故、何故、見つかったの? 知っている人間の顔が浮かんだ。

由美、廣一、この二人が一番なのだが、ほかにもデリヘルのサイトは幸広の友達なら見る可能性はある。

今更判っても、もう幸広の気持ちが戻らないと美由紀は思う。

どんなふうにして帰ったのか覚えていない。

寮に帰ると真っ暗な部屋で、ただ呆然としていた。

翌日、由美は出勤していない美由紀に電話をしたが反応がない。不思議に思って寮の自宅に行った。

管理人は外出の気配がないと言うので、扉を開けて貰うことにした。

「美由紀、いるの?」

呆然と、座って壁を見ている美由紀に「どうしたの?」と言うと「わーーん」と大声で泣き出した。

「幸広に捨てられたの、もう私には何もないのよ!」

「どうして捨てられたの?」

「デリヘルで働いていたことが知られてしまったのよ」と泣き喚く。

「彼、知らなかったの?」

「そんなこと話す訳ないでしょう、もう彼の実家もみんな知ってるわ」

「美由紀、彼のために尽くしたでしょう?」

「もう何も残ってないわ、結婚の資金も今必死で貯めてたのよ!」

「不思議ね、柏木さんがあなたにすべてを捧げて、あなたが柴田さんにすべてを捧げたの？」

「今、あんな禿げ親父の話をしないでよ！」

「でも、これで良かったと思うわよ、あの柴田さんはあなたのこと、愛していなかったのよ」

「嘘よ、愛していたわ」

「本当に愛していたら、もう随分前に少しだけ働いたデリヘルのことで別れたりはしない筈よ」

そう言われて、泣き止んだ美由紀が「そうね、変よ。私がデリヘルで働いていたのが判って、何故、由佳子って女と結婚するのよ、変だ！」と叫ぶと、急に元気になって考え込む。

「彼、結婚するの？」

「そうよ、私に別れを言った後、由佳子ってキャバ嬢と結婚すると言ったのよ」

「それは、余りにも手回しが良すぎるわね、美由紀、騙されたのね」

「そうだわ、騙されたのよ、結婚話は始めからないのよ」

「そうだわ、きっとないわ」

この時二人は全く反対のことを考えていた。

美由紀は、由佳子と幸広の結婚が嘘だと、デリヘルのことも口から出任せだと。

由美は、幸広と美由紀の結婚は仕組まれたものだと。幸広はお金を巻き上げるために美由紀に近づき、結婚を餌に釣り上げたと思った。

翌日、美由紀は幸広に(あなたの魂胆は判ったわ、もう一度会って話しましょう)とメールを送る。

(魂胆って何?)

(会った時に話すわ)

(明日は無理だから、明後日なら)

(その日は夜勤のバイトだから、週末に)

(判った、先日の喫茶店でいいか?)

(由美の家で会いたいわ、聞いて貰うの)

(何を?)

(あなたの本心を)

(本心? 判った)

幸広も第三者がいた方がいいと考えた。

二人なら冷静に話せないが、第三者がいたら、意外と冷静に話せると思ったのだ。

美由紀は「二人の話の証人になって欲しいの」と由美に話した。

由美は、もう二人には決着をと思っていたので快く引き受けた。

二十四話

幸広は廣一に「今日、役所に届けを出してきます、コピーを送りましょうか？」と告げる。

「写メで貰えれば大丈夫です」

「美由紀とは週末に彼女の友達立ち会いで決着をつけます」

「おお、そうですか、よろしく頼むよ」

廣一は、ようやく美由紀は解放されるのだ、良かったと嬉しかった。

今後は陰から応援してやればいいだろう、そう考えた。

週末、由美のマンションに早めに到着した美由紀は予想もしないことを由美に言った。

「幸広ね、私にあんなことを言ったのは、確かめたかったのよ！」

「何を？」

「もちろん私達の愛情の深さをよ！」と嬉しそうに言う。

「だって、私達はもう婚約して入籍を残すだけになっていたでしょう？　急に彼女ができて入籍の話になるのは変よ」

「何故？」

「そうね、入籍待ちの状態が急に別の人と入籍は確かに変よね」

美由紀は幸広に試されているのだと思っていた。

デリヘルのことも由佳子との結婚も、自分が美由紀に愛されているかを知るための作り話だと、由美も由佳子との結婚には疑問を持っていたので、今日ですべて決着が……。

一方由美は、美由紀が傷つかずに柴田と別れてくれることが理想だと考えていた。

今日、話がまた元の鞘に戻るのは嬉しくないし、望まない。

「私、先日の柏木さんって、本当に社長さんになっていると思うんだけど」

「由美も騙されたのね。あの禿げの親父は私に未練があるから、今度は有名な人を捜したのよ。なりすましは犯罪よ！」

「そうかなあ？」

「顔も品がないでしょう。私に未練だけあるのよ。そんな大きな会社の社長なら、私に看護師なんてさせないわ、すぐにでも奥さんにしてくれるわよ！」

「それは、あなたが柏木さんを毛嫌いするからでしょう？」

「そんな無駄な話はやめよう、早くお金を貯めて幸広と結婚して二人は子供産みたいわ」

美由紀が未来の夢を語るその時、チャイムが鳴った。

「幸広だわ」

ソファに座り直す美由紀。扉を開けに行く由美。

「凄いマンションですね」と驚きながら入ってくる幸広。

「……」

何も言わずに美由紀を睨む幸広、微笑む美由紀。

「ソファにどうぞ」由美に言われて座ると「先日の話って私を試したのよね」と美由紀が話を切りだした。

「試した？　何を？」

「私の愛を」

由美がコーヒーを持ってテーブルに置いた。

「めでたい女だな、だから自分を本当に愛してくれている男が判らないんだよ」笑う幸広。

「誰の話よ」

「まあ、たくさん男を咥えたお前では判らんか、石ころもダイヤも見分けができないからな！」

「何の話？」

「まあ、俺が石ころ、彼はダイヤだったがな！」

「誰のことよ」

「柏木とかいう男のことだよ」

「あの人とは何もなかったわ、彼が勝手に私に未練があるだけよ！」

「だからダイヤを捨てて、石ころを拾うなって言ってるんだよ！」

「何故、禿の年寄りと私が付き合うのよ」怒る美由紀。

「金持ちで、お前がデリヘル嬢なのに付き合って、結婚も考えてたんだろう？」

「誰がデリヘル嬢なのよ」

「これを見れば判るだろう」と携帯の画面を見せる。美由紀の顔色が変わった。

「柏木さんが教えたの？」

「知らないよ、話もしてないよ」

「何故これを」

「由佳子に言われたんだよ。幸広、知っていて結婚するのかってね。初めて見た時、我が目を疑ったよ」

「少しの間、お金がなくて働いたのよ、許してよ、半年程よ！」

「売春婦を嫁にする程、俺も馬鹿じゃない。あのおっさんとは違うんだよ！」

美由紀の想像は完璧に外れた。

本当にデリヘルのことが幸広に知られてしまったんだ……。項垂れた。

「あなた始めから、美由紀のお金が目当てだったんでしょう?」由美が言うと「その通りだよ、MMSの商品を売るのが目的で近づいたんだよ」

「でも、好きになって結婚を……」

「違うよ、美由紀の看護師の給料が魅力だったんだよ」

「私から離れようとして、悪いことを言ってるんでしょう。お願いだから戻ってよ、もう私には幸広しかいないのよ。お金も少し貯まったから結婚できるわ」

「未練がましいことを言うな。お前に未練のある男には冷たいのに、俺に縋るなよ! もう金には困ってないんだよ」

「えー、どういうことよ」

「由佳子はお金持ち。というより打出の小槌になるんだよ」

「キャバクラ嬢もデリヘルも大差ないでしょう?」由美が怒って言うと「これを見れば納得するだろう」テーブルに婚姻届と戸籍謄本のコピーを置いた。

目を皿のようにして見る美由紀。

「判ったか、それ欲しければやるよ。じゃあな、元気で暮らせよ!」そう言うと立ち上がって、玄関に向かった。

「これ何よ！」と大声を上げる美由紀、完全に逆上していた。

「落ち着きなさいよ！」由美が宥める。

幸広はさっさと外に出て行った。

美由紀は台所に走って行って「許さない！」と叫んで幸広の後を追い掛ける。

由美は唖然としていたが、美由紀の手には包丁が握られていた。

「やめて！　やめて！」叫んで追い掛ける由美が何度も叫ぶ。

エレベーターの前で待つ幸広に「死ねー！」と叫びながら襲いかかる美由紀。

振り返る幸広の顔が恐怖に変わる。

包丁で斬りかかる美由紀に「やめろ、美由紀」と叫ぶ。

「許すか！」

もう止められない。各部屋から顔を出す住人。

「警察だ」「救急車よ」叫ぶ住人。

エレベーターの前に倒れる幸広。美由紀も同じように倒れ込むと、赤い血が回りに飛び散る。

マンションでの惨劇になった。

由美が近寄ろうとするが、異様な雰囲気で恐い。

「美由紀」由美が怖々呼ぶ。

「……」

倒れた二人は血に染まっている。

床は血の海になって、サイレンの音が近づく。

しばらくして警察と救急車が現場に到着し、ようやく美由紀は包丁を手から離した。

「美由紀ー」由美が叫ぶと、不気味な笑いを残し、警官に抱えられて現場から去った。

幸広は担架に乗せられて救急車に向かう。

警官が現場を封鎖して、綿密に調査を始めた。

「この包丁はあなたの家の物?」

「そうです、大丈夫でしょうか?」

「男性は出血が多いから、助かるか判らない」

「そうですか……」

「事情を聞きたいので、来て頂けますか?」

「はい、用意をしてきます」由美は自宅に戻った。

警官が付いて来て「もう少しここで聞かせてください。それと写真も」と告げる。

「はい。家で話をしていて、柴田さんが帰ったのを美由紀が追い掛けて行ったんです。包丁を持って」

何枚かの写真を撮り、やがて由美を促す。

エレベーターの前は幸広の血で染まっていた。

それを避けながら由美は警官と一緒にエレベーターに乗った。

「美由紀、どうなるのでしょうか？」

「男性が助かればいいのですが」

警官はそれだけ言うと、別の警官と色々な話になっていた。


警察に連行された美由紀は放心状態で話ができる状態ではなく、病院に収容されて由美が主に状況を聞かれた。

由美は一貫して、美由紀が柴田に騙され、すべてを失った事実を話す。

婚約していたのに、いきなり別の女性との婚姻の事実を突きつけられて逆上したと、美由紀の哀れさを訴えた。

その日の夜遅く柴田幸広は亡くなった。

包丁が肝臓を突き刺していた。

名古屋から両親が駆けつけ、深夜には宮城から美由紀の両親も到着したが、面会はできなかった。

由美に事情を聞き、美由紀の両親はやがてはこのような事態になるのではと危惧していたと落胆した。

テレビ、新聞の報道陣が大勢押しかけた。

由美は美由紀の罪を軽くするため、積極的に取材を受けて美由紀の心情を訴えた。

柴田の両親は、息子は看護師の肩書きに惚れたが、事実は売春行為をしていた女で騙されていた、その事実を知って別れようとしたら殺されてしまったと嘆いた。

夜のニュースで事件が報道され、廣一はその事実を知って自分の意図と全く異なる結果になったことに愕然としていた。

「廣一、お前、別れて良かったね、恐い女だったね」眞悠子がニュースを見て言った。

しかし、廣一は殆ど聞いていなかった。

二十五話

翌日、廣一は優秀な弁護士を探すように指示し、自らはできるだけ早く東京に行って、まずは由美に会おうと考えていた。

祖母を始めとして、佐伯と靖子も事態を知っていたので、廣一がどのように対応するか心配だった。

「予期せぬ結果になったわね」

「そのようですね。社長は弁護士を用意して助けるみたいですが、よろしいのですか？」

「納得いかないと終わらないでしょう。廣一は立ち直りますよ」久代が佐伯に言った。

由美に会う寸前、廣一の雇った弁護士が電話をかけて来て「美由紀さん、罪は軽くできますよ」と言った。

「何故？」

「病院で判ったのですが、子供ができていました」

「柴田の子供ですか？」

「そうです、流産してしまいましたがね」

「そうか、子供がいた事実は大きいですね」

「はい、美由紀さんの意見が殆ど通るでしょう」

廣一は、これは少しの救いだと感じた。


その後、由美は初めて廣一に会った。

不思議なことに、もう随分昔から知っていた錯覚になっていた。

もっと早く会っていたら最悪の結末は回避できたかも知れなかった――。

「初めまして、柏木廣一です」差し出した名刺には柏木興産、代表取締役社長の肩書きがあった。

「山下由美です、初めまして。本当に柏木興産の社長さんだったんですね」

「はい、新米ですがね」そう言うと弁護士の話を由美に伝えた。

「妊娠していたんですね。美由紀の罪は軽くなりますか?」

「顧問弁護士の言うとおりに進めば、罪は相当軽くなるでしょう。世間の評価が今は二つに割れていますが、美由紀さんが柴田に騙されてMMSの商売のために付き合いを始め、上手にお金を使わされてしまったことは、献身的な態度として印象を良くするでしょうね」

「本当に馬鹿な美由紀です。私は最初から騙されているからと注意したのですが」

「私は美由紀さんの罪をできるだけ軽くしたいのです。部屋での出来事を詳しく話できませんか？　もっと美由紀さんに有利になるように証言して貰えないでしょうか？」

「例えば？」

「別れなければ殺すと脅されていたとか」

「えー、まあそれに近い状況でしたけれど」

「包丁も最初は、柴田が持っていたとかね」

「指紋がないから、無理でしょう」

「手袋していましたよ」

「あっ、そうでした。その手がありますね」

「もう、事情聴取は終わっているでしょうが、まだ何度も聞かれますよ」

「何故、そこまで美由紀に色々してあげるのですか？」

「僕には、初めて好きになった女性だからですよ」

「えー」由美は驚きだった。

五十歳を超えた廣一が、好きになった女性は美由紀が初めてだと話したことが驚きだった。

「びっくりされたようですね。六年もお付き合いした女性は美由紀さんが初めてです」

「彼女とはデリヘルで知り合ったのでしょう？」

「始めは遊びでした。一度別れてから本当に好きになりましたね」

「今でもですか？」

「今はもう諦めました。ただ彼女に幸せになって欲しい。柴田との結婚は許せなかった。騙されていることが判りましたからね」

「今、彼女の気持ちが戻ったら、どうしますか？」

「最初から彼女の気持ちは僕には向いていませんでした、お金だけの付き合いと割り切っていたでしょう」

「そんな……。じゃあ何故、ここまでしてあげるのですか？」

「それは、自分が好きになった女性だからですよ」

「柏木さんの自己満足のためにですか？」

「そう、理解して頂いて構いません」

「そんなものですか？」

「もうすぐ、彼女も柴田のことに気が付くでしょう、目が覚めるんですよ」

「でしょうね。私は美由紀の罪が軽くなるような証言をもっと考えます」

二人は今後も打ち合わせをしながら、裁判を進めることで一致した。

美由紀には由美が援助することにして、廣一は陰に隠れて見守ることにするのだった。

日を追うごとに、テレビのワイドショーや週刊誌にこの事件が取り上げられる機会が増加していた。

柴田と美由紀の間に子供ができたのに別れ話が起こった。美由紀に子供が産まれると仕事ができないから、柴田は中絶を強要。美由紀は部屋で包丁を突きつけられて脅された。

そして当日、別の女性と入籍した書類を見せられて美由紀が逆上。エレベーター前まで追って、刺し殺した――。となっていた。

精神障害の疑いもあったのでは？　とされた。

柴田の両親も最初は嘘だろうと思ったが、幸広ならあり得ることだと認めた。

入籍して話題の渦にいた筈の戸田由佳子も、お金で幸広に頼まれたと全く幸広を弁護しなかった。

由佳子は、幸広が悪行の数々をしていること、美由紀が病院の夜勤のバイトをして食べる物も食べず、着る物も始末して尽くしていたと証言した。

もちろん由美にも取材がたくさん来る。廣一の手も回っていた。

マスコミも美由紀に同情する風潮になり、世間もいつの間にか美由紀を献身的な素晴らしい女性として作り上げてしまった。

拘置所にラブレターが数多く寄せられ、美由紀は犯罪者から哀れな被害者に変身してしまったのだ。


由美はこの現実を美由紀がどのように思っているのか、久々に拘置所を訪れた。

「お久しぶりね、元気だった?」

「ようやく判ったわ。手紙に一杯書いてあった。MMSのことも一杯書かれていたわ。私、騙されていたのね」

美由紀はようやく気が付いたようで、廣一の話の通りになった。

「そうよ、世の中そんなに楽をして儲かることはないのよ」

「私宛に品物から、現金、ラブレターまで凄いのよ、婚姻届まで来るのよ。印鑑を押してね。もうびっくりよ!」

「良かったね、目が覚めた?」由美が言った。

「由美の忠告をもっと早く聞くべきだったわ。世の中にはデリヘルで働いたことを隠さなくても良かったのかも?」

「そうよ、柏木さんもあなたの過去には全くこだわっていなかったでしょう?」

「柏木？」

「六年も付き合ったでしょう？」

「ああ、禿のおじさんか、興味ないわ。不細工な爺さんには」

（そうなの？　これはみんな柏木さんがあなたのためにしたのよ）そう言いたかったが言葉を飲み込む由美だった。

（いい人に巡り会っていて、良かったわね）そう思う由美。

すると「由美も一度会えば私が言う意味が判るわ」と美由紀。

「そうかな、会ったわよ」

「えー、病院に来たの？　私が罪を犯したから面白がって来たのね。私がデリヘルで働いていたと病院で喋っても、みんなもう知ってるから無駄だったでしょう？　悔しがってた？」

由美は美由紀の言葉に呆れていた。

「あなたを地獄から救った人がいたらどうする？」

「私を地獄から救った人って？」

「だって、あなたは柴田さんを刺し殺した。なのに今では天使のように世間で言われているのよ」

「そうね、由美の証言かな。ありがとうね。感謝してるわ」

「私以外の人でよ！」

「私、幸広に包丁で脅されてたんだね。あの時気が動転してて、由美の証言を聞くまで思い出さなかったわ」

確かに普通の人が、それも愛していた人を刺し殺すには、気が変になっていないとできない行為かも知れない。

美由紀はあの部屋での出来事は、何も覚えていないかも知れないと由美は思った。

血の海に呆然としていた美由紀の眼差しが、どこを見ていたのか判らなかったのは事実だった。

「美由紀、柴田さんとの子供を流産したのは知っていたの？」

「あとで教えられるまで知らなかったわ、でも良かった。幸広との子供が流産で」

「戸田由佳子さんも柴田さんに頼まれて入籍していたと証言したから、美由紀の罪は軽減されるわ。世間にも注目されているからね」そう告げると微笑む美由紀だった。

廣一のことは微塵も頭になかった。

二十六話

しばらくして廣一は靖子との結婚を決めた。

顔は少し美由紀に似ているし頭もいい、何より廣一のことを理解していた。

久代は大いに喜んで、これで柏木興産も三代目の誕生が期待できると、本当に優しい孫だと目を細める。

自身はすでに一世紀近く生きたことになる。二人の息子はともに夭折、長男は喧嘩して家を出、次男は嫁も貰わずに事故死した。そこへ、孝吉の若い時の顔そのままの廣一が現れた。今は、孫の廣一だけが楽しみの久代。

会長室で外の景色を眺めて車椅子で昼寝をするのが最近の日課になっていた。


一ヵ月後、廣一と靖子は結婚式を挙げた。

新婚旅行から帰ると久代に子供ができたと報告した。

結婚式までに二人は既に関係があった。

廣一は美由紀が事件を起こしたことで結婚が伸びた時点で靖子の了解を得ていた。

「自分なりの決着をつけるまで待って欲しい、靖子さんとは祖母の勧めがなくても結婚します」その言葉に靖子は廣一を信頼したのだ。

久代は廣一のことを調べた中で、佐伯達に好みの女性のタイプを社内と関係先から数名探し出させ、有馬靖子を廣一の花嫁候補に決めたのだが、双方が気に入るかが問題だった。

靖子が柏木興産の財産に目が眩まないように、社長は廣一にするが、お飾りなので生活は質素にしなければ苦しいと教えていた。

それでも廣一が気に入れば結婚して欲しい、それが久代が提示した条件だ。

但し男の子供が誕生すれば、柏木家の跡継ぎにする。

財産は自宅と僅かの株券、久代はできるだけお金に執着しない嫁を希望していた。

しばらく自分の秘書をさせて観察し、これなら大丈夫だと廣一と会わせたのだ。

元来女性と縁の薄い廣一は、女性に優しくされると、すぐにその気になることを承知した上で――。

廣一はすぐに靖子を気に入った様子だったが、久代は靖子の気持ちが気がかりだったのだ。

デリヘルの女性で、お金目当てで廣一の気持ちには目もくれない美由紀にここまでする孫を、靖子が好きになるかどうかが心配だった。

美由紀が事件を起こし、それに対応した廣一の姿を、靖子はどう思うだろうか……。

だから、靖子が廣一の言葉に身を任せたのには驚いた。

普通は去るのだが、靖子は廣一の中に本当の優しさを感じていた。

自分を相手にしない女性にそこまでする廣一、殺人者を助けるために隠れて画策する姿が信じられなかったのだ。それも相手には一切教えていない。

この人は何なの？　多くの借金を抱えても自分の祖母の面倒を見るために頑張る。

たぶんお金がなくても必死で助けたのだろうと思った。

このような人は自分の人生の中ではいなかったから、だから好きになったのかも知れなかった。


廣一達が久代に報告してからしばらく経った後、美由紀の判決が出た。

マスコミも注目していて、殺された柴田幸広に同情の声は皆無だった。

いつの間にか、真実とまるで異なる事件に作り上げられていた。


看護師の美由紀の金を目的に近づいた柴田幸広、美由紀はお金を貯めるために一時期デリヘルでバイトをしていた。それは学費と生活費を得るためだった。整形のための話は消えていた。

柴田は看護師のお金とＭＭＳの拡販のために、巧みに美由紀に近づき関係を持った。

由美の結婚に焦りを感じていた美由紀は、柴田の巧みな言葉にそそのかされて愛してしまい、サプリや化粧品の購入に蓄えを使ってしまった。

それでも柴田の販売を助けるのと、二人の生活のために品川総合病院に内緒で夜勤のバイトを始める。

その後は柴田と結婚するために時間を増やし昼夜を問わずに働いた。服も食べ物も節約して、両親の許しも得て結婚が近づいた。

その時、美由紀に子供ができたことを知った柴田は、子供ができると働けなくなるので収入がなくなることを案じ、中絶を迫る。美由紀がそれを拒否すると柴田は別れ話を切り出す。過去の美由紀のデリヘルのバイトを理由に、由美の自宅で包丁を持ち出し、子供を処理しないから戸田由佳子と結婚したと、入籍の書類を美由紀に投げつけ、そして笑いながら部屋を出て行く。その時の美由紀は、すでに考える能力が残っていなかった。

由美が気が付いた時、美由紀はテーブルにあった包丁を持って柴田を追いかけて行った。

由美は慌てて追ったが、エレベーターの前で柴田を刺し殺し、呆然と立ち尽くす美由紀の姿があった。

事件の内容に柴田の両親も納得していた。幸広なら有り得ることだから、と。

こうして誰一人不審感を持たない事件にでき上がってしまった。

犯行時、美由紀は一時的に精神の病を発症していたと医師が証言した。

由美は、包丁で美由紀が殺されるのではと恐怖を覚えたと証言した。

戸田由佳子は、美由紀と別れるためにお金を貰って入籍を頼まれたと証言した。

マスコミの力と世間の話題に、判決は美由紀の正当防衛、犯行時の精神状態の異常を認めて、執行猶予が付いて決着した。

美由紀は一躍スターになった。


由美が「慎まないと駄目よ、助けてくれた人に悪いわ」と言った。

「世間の人が助けてくれたんじゃないわ、私が正しいのが判ったのよ」とマスコミに取り上げられてご満悦の美由紀。

注目を浴びて上機嫌だったが、看護師の仕事は新しい所に勤めようとしても、なかなか採用されなかった。


しばらくして美由紀の話題も消えた頃、廣一に待望の子供が誕生した。

男の子が生まれて、久代は曾孫の幸太の寝顔を見て「良かった、孝治が戻って来たようだ」と呟いた。

それから一ヵ月後、久代は会長室の車椅子で眠るように亡くなった。

すべての遺産は廣一夫婦が継いだ。

靖子に話したことはすべて嘘だった。

靖子を試すのが目的だったが、それ以上に靖子は廣一の人柄に惚れていたからその心配は必要なかった。


由美も妊娠を機に病院を退職した。

その後、今は関西に住む美由紀が久々に由美を尋ねて来た。

話題が消えるまでどこにも就職できなかった美由紀は、奈良の中心から遠く離れた小さな町の内科に就職していた。

年寄りの医者は美由紀のことを全く知らなかった。

ただ、看護師が欲しかったので、美由紀を重宝していた。

老人相手の内科医院で美由紀の話題といえば「この田舎の町医者に別嬪の看護師が来た」それだけだった。

美由紀にもようやく判ったようだ。

話題になっても意味がないこと、有名になってもこの二年間どこにも就職できなかったこと――。

「大きなお腹ね」と由美のお腹を見て言う。

「美由紀も誰かいい男性見つけないとね」と由美が慰める。

「もう男性は嫌よ、なかなかいい人いないしね」

「そうなの？　柏木さんのような人を探さないと駄目なのよ」由美が言った。

「今、考えてみれば、柏木さんと付き合っていた時が一番良かったのかも知れないわ」

由美は美由紀が初めて柏木さんのことを悪く言わなかったのに驚いた。

毎回、柏木さんのことは無茶苦茶に言ったのに、どうしたのだろう――。

「あの人、本当に大会社の社長さんだったのね」としみじみ話す。

「信じていなかったの？」

「そうよ。医院の待合室の雑誌に彼のインタビュー記事が載ってたのよ」

「へー、雑誌にね」

「その中に、私のことが書いてあったの」嬉しそうに話す。

「何て？」

「好きだったと、私達二人しか知らないことを彼は話してたわ。今も私のことを愛しているのよ」

「嘘でしょう、奥さんも子供もいるわよ」

「だから彼の心の中に私が住んでいるのよ、もっと早く気づくべきだったわね……」

美由紀は嬉しそうに、そして感慨深げに語った。

由美は今だと思った。

「あなたを助けたのは柏木さんよ。一生懸命に美由紀を助けたのよ。殺人者からね……」

経緯を話す由美の言葉に頷きながら、いつしか涙を流していた――。

愛するより、愛されている幸せを感じていた。

本当のことを知った今、美由紀の心に廣一が霞のように広がった。

完

二〇一五年一月十三日

杉山　実（すぎやま みのる）

兵庫県在住。

この物語はフィクションであり、実在の人物・団体とは一切関係ありません。

春霞

2020年７月26日　発行

著　者　杉山　実

発行所　ブックウェイ

〒670-0933　姫路市平野町62

TEL.079（222）5372　FAX.079（244）1482

https://bookway.jp

印刷所　小野高速印刷株式会社

ISBN978-4-86584-470-2

乱丁本・落丁本は送料小社負担でお取り換えいたします。